감상여행

감상 여행

다나베 세이코

신유희 옮김

북스토리

감상여행

1

그때까지 그녀는 워낙 가지가지 많은 연애(혹은 남자)를 거쳐 온 터라, 그녀의 연애 소식은 우리들 사이에서는 제대로 취급조차 하지 않을 정도였다. 그래서 그녀의 이번 상대가 당원(黨員)임을 알자 모두 '역시!' 하고 수긍했다. 취향이 독특한 모리 유이코가 자신의 수집 목록에 추가하지 않은 건 스님과 당원뿐이었으니까.

그 사실을 가장 먼저 안 사람은 물론 그녀의 절친인 나였다. 끔찍하게 무더웠던 8월 하순의 어느 날, 한밤중에 집(그래 봤자 오사카 시 주변의 베드타운, N시의 어느 집 별채에 딸린 방 하나를 빌려 사는 것뿐이지만)으로 전화가 걸려왔다.

"저기 있잖아, 히로시. (그녀는 언제나 나를 이름으로만

막 부른다. 나는 그녀를 꼬박꼬박 모리 씨라고 부르지만. 그건 그녀가 스물두 살의 나보다 열다섯 살이나 많기 때문이 아니라, 유이짱 어쩌고 하는 이름으로 불릴 만한 가련한 모습 따윈 아주 오래전에 잃어버린 탓이다.) 플레하노프(1856~1918, 제정 러시아의 혁명 사상가. 러시아 마르크스주의 운동의 기초를 닦았다—옮긴이)가 대체 뭐야?"

나는 그녀의 말을 제대로 듣지도 않고, 자고 있는 중이라고 애원했다.

"알았어, 알았으니까…… 빨리 알려주기나 해. 플, 레, 하, 노, 프!"

나는 제발 인명사전이라도 펼쳐 보고 말하라고 간곡히 부탁했다.

"뭐? 사람 이름이야? 알고 있었으면, 잔소리 말고 가르쳐주면 되잖아. 그리고 또, 뭐더라…… 변증법적 유물론하고 유물론적 변증법은 어떻게 다른 거야?"

나는 욕조 딸린 화장실과 화장실 딸린 욕실 같은 것이 아니겠느냐고 대답했다.

"바보! 나 지금 진지하게 물어보는 거니까 화 돋우지 말고…… 그리고 트로츠키주의자는 좋은 쪽이야? 나쁜 쪽이야?"

나는 누구에게 있어서냐고 반문했다.

"바보 같으니. 그런 건 누가 됐든 상관없잖아. 선한 역
인지 악한 역인지 묻고 있는 거라고. (그녀는 이 두 종류의
색깔 나누기를 매우 선호했다.) 좌파들이 쓰는 말이잖아.
틀림없이 그거…… 나쁜 쪽인 거지?"

나는 잠이 확 달아나고 말았다.

유이코의 입에서 기관총처럼 쏟아져 나오는, 거의 그
녀와 상관없는 단어들과 사람 이름을 (무릇, 좌파 같은 건
실수로라도 들여다볼 것 같지 않은 인종인 데다, 그런 주제에
왜 그런지 엘리트 의식은 동경해 마지않고, 좌파에 호감은 갖
고 있지만 그러면서도 1년 내내 일요판 신문 한 부조차 사 읽
지 않는 싸구려 지식인의 표본과도 같은 인종인) 그녀와 어떻
게 연관 지어야 할지 몰라 한순간 고민했지만, 이내 알았
다. 분명 싸구려 드라마에 쓰려는 거로구나 싶었다. (나나
유이코나 그다지 자랑할 바는 못 되는 4류, 5류급 방송 대본
작가였다.)

그러나 그렇듯 생생한 정치용어는, 대중의 공기(公器)
라는 명분 아래 만두피처럼 득도 실도 없는 맹탕 같은 드
라마를 내보내기에 급급한 방송계에서는 당장 소화불량
을 일으킬 게 뻔했다. 즉, 대중의 공기라고 하는 것은, 그

러한 반체제 용어의 토양에서 피어나는 문명이 아니라는 것이다. 나는 충고하지 않으면 안 된다. 그런 정치인간을 보여주기보다, 그를 기계공으로라도 설정하여 하다못해 방직공장 여공의 연인으로 써 넣는 편이 낫다. 민중의 성실, 서민의 에너지, 노동자의 밝고 건강한 연애, 혹은 서민 동네의 애환을 깨끗하고 올바르고 아름답게 그려나가는 것이다. 비정한 자에게도 눈물은 있다, 옳거니……!

"바보, 히로시 멍청이, 얼간이, 등신!"

그녀는 한바탕 욕설을 퍼붓고 나서, 수화기 너머로 3월의 빗줄기가 천창을 때리는 듯한 웃음소리를 냈다. (그녀는 상당히 좋은 환경에서 자란 데다 아름다운 목소리와 우아한 품행을 지닌 여자였지만, 욕설과 관련된 어휘도 상당히 풍부했다. 그것이 그녀의 안 좋은 버릇 중 하나이기도 했다. 다만, 나와 둘이 있을 때만 그런데, 그건 결국 나를 편하게 생각해서라기보다는 우습게 여겨서일 것이다.)

"그런 어린애 장난 같은 게 아니란 말이야. 이건 비밀인데, 지금 진짜 러브레터를 쓰고 있어."

도대체 뭔 일인지.

"저기, 히로시…… 내일 얘기하려고 했는데, 있잖아, 우리 약혼했어. 서로 사랑하고 있다는 걸 확인했다고."

나는 수화기를 바꿔 잡고, 저번의 그 한국인 재즈가수와 다시 화해한 거냐고 물었다.

"뭐? 조니 리는 완료형이야, 과거지사라고."

"그럼, 무허가 택시운전사……?"

"아, 그건 조니 리 이전에 만났던 애."

"증권회사 사람도 있었을 텐데……."

"그건, 그 이전의 건축기사 다음 사람인데."

"네 멋대로 하세요!"

"지금 그이는 아무도 모르는 사람이야. 하지만 난 처음 만난 순간, 아, 이 사람이야말로 남자 중의 남자구나, 라고 생각했어. 아주 괜찮은 사람이야. 육체노동자로 '당원'인데(당원이라는 말에 힘을 주어 말했다), 진짜 성실한 사람 같아. 왜냐하면, 노동자거든…… 게다가 정직할 수밖에 없어, 당원이니까."

나는 그러면 당에서 모시는 신은 그 뭐냐, '꽃 피우는 할아버지'라도 되는 거냐며 농담했다.

"너무하네, 히로시. 그런 식으로 당을 험담하다니, 그러면 못써. 당이 하는 말은 언제나 정직하지 않아? 모든 정당 중에서 전위당(前衛黨)만은 거짓말을 하지 않아. 왜냐면, 약하고 학대받는 사람들 편이라는 기치를 뒤집은 적이 없어. 전쟁 중에도 의지를 굽히지 않았던 건 오로지 당뿐이라고. 그러니까 믿어도 돼. 나도 잘 모르지만, 그 사람들은 반드시 혁명이 올 거라고 믿고 있어. 케이…… 그 사람 이름이 케이야…… 케이가 말하길, 혁명은 말이지, 인간이 자신의 생각대로 즐겁게 살면서, 더구나 그 모두가 자신도 남도 상처 입히지 않고 희생시키지 않는 구조로 이루어진 사회래. 그게 실현된다면 정말 멋진 일 아니겠어? 나, 그런 걸 생각하고 있는 그 사람과 그의 당을 좋아해."

거기에 반한 거냐고, 나는 짚고 넘어갔다.

"이런 때의 감정은 그런 것하곤 다른 거라고"라며 유이코는 딱하다는 듯이 말해주었다. "히로시 너는 바로 반했느니 어쨌느니, 그런 것만 떠올리는구나. 그런 건, 시정배들한테나 어울리는 거지. 그 사람이 내 속에서 불러 일으킨 건, 한층 정신적으로 높은 수준의 것, 말하자면 동지로서의 신뢰와 우정이야."

그런 건 개나 줘버리라고 나는 말했다. 어차피 그런 남자는 별 볼일 없는 놈팡이일 게 뻔했다.

"혹시 너, 당과 당원을 질투하는 것 아냐? 그게 바로 '당 콤플렉스'라고 하는 거야. 그러는 너야말로 별 볼일 없는 만담 희극 따위나 쓸 뿐이잖아. 자기가 쓰레기니까 공연히 충실한 삶을 살아가는 사람을 시기하는 거라고. 어쨌거나 현재의 나는 아주 아주 행복해. 잠도 올 것 같지 않아서 케이한테 연애편지를 쓰고 있는 거야. 아, 맞다. 트로츠키주의자 말이야, 그게 뭐 하는 사람인지 빨리 알려줘야지."

나는 정중하게 "바보 멍청이!"라고 대답하고 조용히 수화기를 내려놓았다. 하지만 전화기 너머 그녀가 기쁨에 겨워 싱글벙글하면서 두 손을 비비고 있는 모습을 상상할 수 있었다. 그녀는 새로운 연인이 생길 때마다 누군가에게 피로함으로써, 말하자면 주위의 반응을 보며 한층 자신의 즐거움을 확인하는 타입이었다. 아무튼 그녀의 마지막 대사는 내 마음을 으드득 좀먹고 말았다.

쓰레기가 뭐냐고.

내가 유이코와 알고 지낸 지는 2~3년쯤 되었다. 그녀는 원래 칼럼니스트였다. 날카로운 센스가 번뜩이는 한 줄 또는 두 줄, 그리고 그 한두 줄의 문장을 부풀린 장황하고 평범하기 짝이 없는 문구(사실 이게 훨씬 많다)로 완성된 짤막한 글(여자 냄새 폴폴 나는)을 잡지나 신문 한 귀퉁이에 서명 혹은 무서명으로 써대곤 했다. 그러던 중,

한 방송 단체가 모집한 드라마 현상 공모에 입선했다.

　나는 대학을 다니던 중 병이 나서 요양비라도 벌 생각으로 응모한 것인데, 이 또한 무슨 바람이 불었는지 입선하였다. 몇 달쯤 지나 나와 유이코는 한팀이 되어 연달아 일감을 맡게 되었다. 실패도 하고 성공도 하며(전자가 훨씬 많았지만) 지금까지 오게 된 것인데, 나는 여전히 밑바닥에서 빌빌대는 글쟁이인데 비해 유이코는 어째서인지 수많은 직함들을 달게 되었다. 라디오 방송에서 카운슬링을 맡고, 간사이 지역에서 개최하는 각종 미인 대회의 심사위원을 맡는가 하면, '사랑하는 자녀를 교통사고로부터 지키는 모임' '도시를 푸르게 가꾸는 모임'의 간사에다 먹보라는 장점을 살려 요리연구가로도 불리고 있었다. 그리고 스스로 카운슬링 전문가에 어울리는 위엄을 갖추고 있다는 생각 아래 시시한 뜬소문 따위는 손끝으로 눌러 짜부라뜨릴 만한 관록이 있다고 믿었다. 그 때문에 자신의 단정치 못한 행실이 누설되어 동료들 사이에서 좋은 가십거리가 되고 있는 줄은 꿈에도 몰랐다. 사람 좋고, 재능 없고, 세상 물정은 몰라도 너무 몰라서(그래서인지 나를 자신의 브레인트러스트로 두고 싶어한다) 어째 드러내지 않고 사는 게 용하다 싶을 정도였다. 그래도 때때로 은혜와 같은 하늘의 계시로 인해 신들린 듯한 직관력이 생겨날 때도 있어서, 그녀 자신도 의식하지 못하는 사이 주위를 놀라게 할 때가 있었다. 그래서 나는 그녀가 무심결에 내뱉은 쓰레기라는 말에 상처를 입었던 것이다. 갖가지 바보 같은 여자의 대열에서 빠지지 않는 유이코도 무의식중에 남에게(나에게) 상처를 주었다.

하지만 뭐, 그건 아무래도 좋다. 그것도 다 그녀와의 우정 위에 피어난 곰팡이 같은 것이니까. 그러나 그녀 입에서 그런 말이 나오도록 원인을 제공한 그 당원이라는 연인에게는 만나보기도 전에 부아가 났다.

이튿날, 일 관련 미팅 약속이 잡혀 있어서 히고바시의 R빌딩으로 갔다. 서늘한 1층 로비, 금은으로 번쩍거리는 보석상자 같은 엘리베이터가 눈앞으로 내려와 신호음과 동시에 문이 열리자, 안에는 마치 핀으로 꽂아놓은 표본상자 속 나방처럼 유이코가 서 있었다.

"어머, 히로시……."

그녀는 방글방글 웃으며 춤을 추는 듯 기쁜 손짓으로 내 손을 잡아 상자 안으로 끌어들였다. 그럴 때의 기분 좋은 얼굴은 귀엽기까지 해서 적어도 나를 불쾌하게 만드는 일은 없었다.

"마침 잘 만났네, 나 막 끝나서 가려던 참인데……. 하지만 좋아, 같이 있어주다가 갈게."

그녀의 말투에서도 밉살스러운 구석이라곤 찾아볼 수 없었다. 고급 주택지에서나 사용될 법한 간사이 풍의 부드러운 표준어 영향 아래 자라온 사실이 은연중에 드러났다. 나는 10층 버튼을 눌렀다. 상자 안에 둘뿐인데도 유이코는 누가 들을세라 목소리를 낮추어 말했다.

"히로시. 그 일, 아무한테도 말하면 안 돼."

나란히 서면 내 어깨까지밖에 안 오는 작은 키에 얼굴도 몸통도 다리도 둥글둥글하니 공 모양으로 빚은 듯한 몸매였다. "나 이번에는 진짜 결혼할 거야. 그이가 마지막 남자라고."

그게 벌써 몇 번째냐고 나는 야유했다.

"바보 같으니, 이번엔 달라. 그이야말로 성실 그 자체라고."

유이코가 '성실'이라는 단어를 힘주어 말할 때, 문득 나는 그녀의 등 뒤로 죽 늘어선 끝도 없는 불모의 과거, 결실을 맺지 못하고 끝나버린 정사의 행렬을 슬쩍 엿본 기분이 들었다. 무언가에 놀란 듯한 둥근 퉁방울눈, 작은 코와 동그스름한 입술. 거기에는 짙은 립스틱이 칠해져 있었지만, 그다지 솜씨 있게 바르진 못해서 마치 어린 소녀의 장난인 양 비뚜름하니 밀려나와 있었다. 그 때문에 그녀의 얼굴은 어찌 보면 울상을 짓는 듯한 표정이 되었다. 팔이 훤히 드러나는 새빨간 드레스(내 눈에는 왠지 속달봉투처럼 보였다)에 값나가 보이는 소지품. 그녀는 마음만 먹으면 문화인사(나도 그녀도 작년에 발행된 문화인 명감에 이름이 실렸다)지만, 내 눈에는 늘 한물간 매춘부 아니면 서툴기 그지없는 마술사처럼 딱해 보이는 것도 사실이었다.

"그러니까 말이야……."

그녀는 이야기에 몰두하여 내 팔을 찰싹 때렸다.

"두고 봐. 나, 그이한테 어울리는 그런 사람이 될 거야. 그래서 사회를 변혁시키는 거야. 아아, 어쩌면 감옥에 들어갈지도 몰라."

나는 깜짝 놀라서 뭐든 내가 도울 일이 있으면 돕겠다고 약속했다.

"어머, 그럴지도 모른다는 거지. 나, 몇 년 살다 나오는 것쯤 아무렇지도 않아. 지금 나한테는 혁명과 죽음의 이미지밖에 없어. 요즘은 학습하느라 정말 바빠. 히로시, 이번에 나카노시마의 공회당에서 당의 강연회가 있는데,

오지 않을래?"

나는 그날, 리허설에 가기로 약속되어 있었다.

"안 돼! 무척 의의 있는 일이란 말이야. 우리, 뭐가 우리 편이고 뭐가 적인지 제대로 알아야만 해. 나, 그이 말을 듣고 나니 너무 잘 이해되는 거 있지? 우리, 이제까지 너무 모르고 지내온 것 같아. 민중의 자유와 민주적 권리를 유린하고 탄압하는 반동세력이 어떻게 우리 주변에 뿌리내리고 있는지. 히로시도 글을 쓰는 사람이니까 그런 쪽에 주의를 기울여야만 해⋯⋯. 이번 강연회는 중요한 의의가 있다고."

그녀는 헝겊조각이며 조화가 더덕더덕 붙어 있는 밀짚가방에서 뭔지 모를 분홍색 인쇄물을 꺼내 내게 건넸다.

"자, 80엔이야."

"이게 뭐예요?"

"아, 그건 입장권이야. 히로시 몫도 내가 챙겨뒀어. 우리의 민족적 권리를⋯⋯."

나는 "좋았어!"라고 외치고는 부랴부랴 바지 뒷주머니에서 100엔 동전을 꺼내주고 민족적 권리를 사들였다.

"고마워."

그녀는 생긋 웃으며 돈을 받았다.

"거스름돈은 없는데."

나는 다음에 달라고 했다.

"그럼 20엔은 당에 기부하는 걸로 해두자고. 이건 민족적 의무니까."

그녀는 가방을 탁 닫고, 그 김에 야무지지 못한 그 커다란 입도 드디어 닫았다.

상자는 승천하여 우리를 10층에서 토해냈다.

"어쨌든 케이는 눈이 멋져!"

진홍색 카펫이 깔린 복도를 높은 하이힐을 주체 못해 비틀비틀 걸으면서도 그녀는 큰 목소리로 말을 꺼냈다.

"얼마나 맑은지 몰라. 뭔가 신념을 담고 있는 사람의 눈이야. 그에 비하면 히로시, 네 눈은 사상적 결막염에 걸린 눈이지."

유이코는 내게 슬쩍 팔짱을 끼며 내 옆구리를 툭 쳤다. 너무도 자연스럽고 익숙한 행동이다 보니 번번이 내게 그녀의 과거, 지금까지 이런 식으로 팔짱 끼는 것을 허락한 많은 남자들과의 과거를 떠올리게 했다.

"눈-을 떠-라, 우리 동포……."

그녀는 노래 부르면서 R방송의 표찰이 걸린 방의 유리문을 힘차게 열었다.

2

일 관련 미팅을 두세 사람과 여기저기서 마치고, 갓 인쇄된 대본을 받아 11층 간이식당으로 올라갔다. 그녀는 벽 쪽 자리에서 담배를 피우며 기다리고 있었다.

나는 이 식당을 좋아했다. 창문 하나 없이, 밝은 것 같으면서도 어딘지 모르게 어두운 조명이 수상쩍은 풍정을 풍기듯 벽 모서리와 천장으로부터 희미하게 비쳐 나왔다. 불그스레한 반원형 천장은 마치 뭔가 거대한 물고기의 내장 속에 숨어든 것 같은 착각을 불러일으켰다. 벽에 걸린 동그란 금색 시계를 보아도 오전인지 오후인지 짐작할 수 없고, 각양각색의 꽃들이 벽면을 장식하고 있지만 자세히 보면 그것들은 정교하게 만들어진 조화일 뿐, 1년 내내 온도가 일정한 이 안에서는 계절조차 느낄 수 없었다.

셀프 서비스로 음식을 담아오자, 안면이 있는 작가며 연기자가 말을 건넸다. 멍하니 벽에 걸린 텔레비전을 보면서 혀에 감기는 뜨거운 커피를 음미하고, 한바탕 글자들과 씨름하고 난 후의 피로에 젖어 있는…….. 나는 이런 시간을 좋아했다. 또 유이코와 둘이서 멀찍이 앉아 있는 누군가의 험담을 나누는 것도 좋아했다. 그런데 언제나 앞장서서 험담으로 입을 열던 그녀가 오늘은 좀체 입을 떼지 않았다. 그녀는 활처럼 굽은 파이프로 떠받쳐진 오렌지색 합성수지 테이블에 팔꿈치를 괴고 엷은 미소를 띤 채 나의 농담을 듣는 둥 마는 둥 뭔가 깊이 생각하는 듯한 시선으로 담배 연기의 행방을 쫓고 있었다.

그녀의 분주한 손짓, 거짓인지 진짜인지 모를 묘한 웃음, 깊어 보이면서도 모질고 교활한 눈초리. 늘 보아온 익숙한 모습인 데다 나는 그 가운데 진짜 감정을 집어내는 데에도 상당히 숙달되어 있었다. 하지만 오늘의 그녀는 사정이 달랐다. 그때, 사무라이 분장을 한 안면 있는 탤런트와 무인의 딸로 분장한 눈이 번쩍 뜨일 만큼 아름다운 여배우가 어깨를 나란히 하고 다가왔다. 그는 "여어!" 하며 인사를 하고, 무인의 딸은 물고 있던 담배를 빼

내며 "어머, 오래간만이야? 히로시"라고 했다. 나는 유이코를 웃길 생각으로, 방금 전의 남자 탤런트가 마냥 독신으로 지내는 것에 관한 외설적인 루머를 그녀에게 귀엣말했다. 그러나 유이코는 웃지 않았다.

"미안한데, 히로시……" 하고 그녀는 딱하다는 듯이 말했다. "왠지 오늘의 너는 이제까지와는 다르게 나사가 빠진 사람처럼 우스꽝스러워. 나, 너의 시시한 익살과 농담들이 여느 때처럼 재미있지 않아. 오히려 가슴이 답답한 게 화가 치밀 뿐이라고."

"미안해요."

나는 정색을 하고 말했다.

"어머, 그렇다고 화내면 안 되지."

그녀는 모조 루비가 빛나는 손을 뻗어 달래듯이 내 팔을 두드렸다.

"비단 너뿐 아니라, 여기 죽치고 있는 패거리 모두에게 느끼는 감정이야……. 하지만, 딱히 다른 사람들이 변해서라기보다, 내가 달라져서 그런 거라고 생각해. 말하자면, 조금 색다른 경험을 했기 때문에 위화감이 드는 걸 거야."

"경험이라면, 그 당원 말이에요?"

"응, 맞아."

나는 커피를 저으며 무심결에 물었다.

"벌써 그 사람이랑 잤어요?"

"어머, 아니야."

그녀가 고개를 홱 쳐들며 위엄 비슷한 모습을 보였기에 오히려 내게 확신을 안겨주고 말았다.

"흐음…… 왜 안 자는데요?"

서로 사랑하고 있다면 자는 게 당연하지 않느냐고 나는 비꼬았다.

"지금까지 만나 온 남자들과는 다르다니까. ……그이는 무책임한 남자가 아니라고. 왜냐면, 당원이니까."

"당원이라도 종족번식은 하겠지."

"바보!"

그녀가 외쳤다. 그 눈에 터질 듯한 미움과 경멸이 어른거렸다. 그녀는 평소에도 곧잘 바보라는 소리를 입에 올렸지만, 그것은 어디까지나 '어머!' '세상에!' 와 같은 뜻을 지닌 감탄사였다. 그런데 이번에는 진정한 의미에서의 바보였다.

"어쩜, 히로시. 너는 무슨 남자가 그렇게 너절하니?"

나는 오늘의 모리 씨는 왠지 상대하기 어렵다는 뜻을

넌지시 비쳤다.

"흠, 남자와 소인배는 길들이기 힘든 법이지." 유이코는 우쭐하여 말했다. "히로시 같은 풋내기가 알 턱이 있겠어? 나는 나야. 달라진다고 한들, 그건 전혀 다른 사람이 되는 것이 아니라, 원래부터 내 속에 잠재해 있던 것들이 나오는 거라고. 여자란 그런 거야. 그렇듯 여자 속에 잠재되어 있는 여러 가지 것들을 발견하는 것이 남자의 역할이고. 그이는 또 다른 나를 발견해주었고, 나는 그이가 있음으로써 존재하게 된 거야. 이것도 그이가 바로 당원이기 때문이지. 자본주의 사회는, 이러한 남자와 여자의 본래의 특질과 기능을 엉망진창으로 만들어버렸어. 그렇기 때문에 사회주의자들이……."

나는 그녀의 이번 연애는 몇 달이나 갈까 생각해보았다. 하루빨리 다음 타자로 시영전철의 차장이라도 만나게 되면 좋으련만, 지금 같은 연인은 내게도 피해를 줄지 모른다.

아니나 다를까, 그 후 2주 사이에 나는 열 권이 넘는 책과 팸플릿을 강매 당했다. 『우리 당의 빛나는 40년』 『당원 필휴』 『당 강령』 『레닌 선집』 『마르크스·엥겔스 선집』 『사회과학입문』 『사적유물론의 어쩌고……』

어김없이 오밤중에 그녀한테서 전화가 걸려왔다.

"히로시, 그거 읽었어?"

"아직."

"얼른 읽어봐 주지 않으면 곤란한데. 그럼, 빨리 목차부터 보고 대충 어떤 게 쓰여 있는지 말해줘."

그녀는 자기가 직접 읽자니 귀찮기도 하고, 읽어도 쉽게 이해가 가지 않는다며 겸손을 떨기도 했다. 나는 빠른 시일 내에 읽어두겠다고 약속했다. 어쨌든 그녀는 성격 좋은 여자였다. 나한테 친절을 베풀어주기도 하고 기분만 좋으면 술이든 밥이든 다 사주었다. 그 익숙한 편안함과 살가움이 나를 관대하게 또는 감상적으로 만들었다. 그래서 유이코와 가까이 지내는 것이기도 했다.

"노즈에 케이가 그 사람 이름이야"라고 유이코는 알려주었다.

"선로 보선반이 그이의 일터야. 너무 바빠서 밤낮이 따로 없다……. 우리는 데이트할 시간도 없어. 더구나 그이는 조직의 주임(그녀는 기쁜 듯이 그 단어를 입에 올리며 즐거워했다)이잖니. 아무튼 팽팽 도는 팽이 같아. 너 같지는 않아."

도대체 어떻기에.

"아, 목적이 있어. 제대로 된 커다란, 훌륭한." 유이코는 잠시 말을 잃었다. "그건 정말 감탄할 만한, 살아가는 목적이야."

나는 감탄했다.

"너 같은…… 히로시, 너 같은 사람은 이해하기 어렵겠지. 화장실 문을 탕탕 여닫는 것으로 일생을 끝마칠 것 같은 사람은……. 그러니까 넌 더욱더 유물론을 공부해서 변증법적으로 사고하고, 역사적 이론적인 무지의 결함을 메우지 않으면 안 된다, 그 말이야."

유이코는 기분이 아주 좋아 보였다. 나는 그동안 가장 궁금했던 것 딱 한 가지를 물어보았다.

"도대체, 그런 남자랑 어떠한 계기로……."

"아, 히로시. 중요한 건 우리가 서로 사랑하고 있다는 걸 확인했다는 거야." 그녀는 급하게 말을 흐렸다. "그게 전부라고. 그렇지 않아?"

그러고는 들뜬 마음이 묻어나는 여운을 남기고, 그녀는 전화를 끊었다.

3

내가 중앙 공회당에서 열린 당의 강연회에 나간 것은, 민족적 권리의 독립을 열망해서가 아니라 순전히 유이코 때문이었다. 요컨대, 그녀의 기분 좋은 모습은 나를 기분 좋게 만드는 요소 중 하나였던 것이다.

그러나 내가 달려갔을 때는 이미 강연회는 끝나고, 이어서 영화(중앙공산당이 제작한)가 상연되고 있었다. 입구에는 젊은 아가씨며 남자들이 이런저런 서명(뭐든지, 여하튼 반대하는)과 모금 활동을 위한 그룹을 만들어 여기저기 모여 있었다. 접수 테이블 앞에는 강연회에 참석한 사람들이 한 송이씩 가져갈 수 있도록 꽃다발이나 화환을 풀어 늘어놓고 있는 청년도 있었다. 나와 유이코는 푸른 현수막이 있는 정면 현관에서 우연히 만났다. 둘이 서서 이야기를 나누고 있는데, 덩치가 커다랗고 옷차림이 허술한 한 남자가 우리 앞을 지나갔다.

"케이!"

유이코가 그 남자를 불러 세웠다. 나는 그때 처음으로 노즈에 케이를 보았다. 때가 낀 흰색 셔츠를 입고 낡은 바지춤에는 손수건을 매달고 있었다. 그리고 맨발에 미니 게다(왜나막신-옮긴이)를 신고 있었는데, 탄탄한 체격에 큰 키였다. 그는 소개를 받자 우물쭈물하며 말을 입속에서 중얼거렸다. (나중에 안 사실인데, 그는 세간의 평범한 인사와는 연이 없는 남자였다.) 치수 빠듯한 토용(土俑)처럼 보이는 괜찮은 용모였지만, 야외의 직사광선에 그을리고 몹시 지친 피부였다. 보아하니 나보다는 나이가 많아도 유이코보다는 아래인 듯싶은데, 그의 어디에서도 젊음은 느껴지지 않았다. 온화하고 영리한 눈을 하고서 끊임없이 싱글벙글 웃는 모습에서 원숙함이 엿보였다. 딱히 나쁜 인상은 아니지만, 도무지 둘 사이에 공통점이라곤 없어 보였다. 그녀가 어디서 주웠는지 알 수 없는, 아무튼 묘한 조합이었다. 거기에 내가 가세하여 한층 더 묘한 조합을 이룬 가운데 우리는 공회당을 나와 맥주를 마시러 갔다. 가까운 빌딩 옥상에 맥줏집이 아직 영업 중이었다. 색 전구를 줄줄이 걸어놓은 머리 위 밤하늘에는 왁자지껄 떠들썩한 소리가 피어오르고, 철망 너머로 내다보이는 발밑 몇십 미터 아래 도로에서는 번화가의 웅성거림이 전해져 왔다. 케이는 맥주를 꿀꺽꿀꺽 마셨다. 굵은 팔로 이어지는 큼직한 손, 더러운 손톱.

"무슨 일을 하시나요?"

내 물음에 그가 당황하여 맥주잔을 내려놓았다.

"선로공입니다."

케이는 더듬거리며 말하고는 머뭇머뭇 미소를 지었다. 미소가 서서히 얼굴 전체로 퍼지자 눈이 가늘어지면서 없어졌다.

"그러니까, 선로 위를 말이죠, 각반을 감고, 사다리를 짊어지고 걷는 거예요. 보신 적 있죠?"

"고향은? 오사카는 아니죠?"

"그게, 그러니까, 저는 간토 사람입니다. 떠돌이라고 할 수 있지요."

고작 그 말을 하면서도 케이는 곧게 뻗은 콧잔등에 땀을 흘리고 있었다. 그리고 또다시, 비굴하다 싶을 만큼 심약해 보이는 미소를 지으며 눈가에 주름을 새겼다. 무거운 어조에 벽촌의 몽매하고 완고한 농민의 성벽(性癖)

을 시사하는 듯한 굵고 탁한 목소리로 케이는 말했다. 말을 하면서도 스스러워하는 듯한, 지시를 바라는 듯한 표정으로 유이코를 돌아보며 눈부신 듯 웃었다. 연인끼리의 눈짓이라고 할 만한 요염한 풍정은 전혀 없고, 마치 곰이 여성 사육사의 안색을 살피고 있는 듯한 장면이 연상되었다. 그러나 유이코는 취기가 도는 눈으로 그런 케이가 참으로 귀엽다는 듯이 미소 짓고 있었다. 그가 화장실에 가기 위해 자리를 뜨자, 유이코는 내 옆으로 의자를 당겨 앉으며 말했다.

"어때? 히로시, 너에게 보여주고 싶었어."

"응, 좋은 사람이네요."

"착한 사람이지."

"좋은 놈을 낚아 올렸네요. 박눌함을 그림으로 그려놓은 것 같은 사람이에요."

유이코는 소리 높여 기쁘다는 듯 웃었다. 그리고 내 무릎을 쿡쿡 찔렀다.

"너, 나에 대해서 이상한 말 하면 안 된다?"

"무슨?"

"에이, 히로시, 알면서 그래. 그 사람 엄청 순진한 남자란 말이야. 요컨대, 그러니까, 말하자면 그게······."

유이코가 내 정강이를 툭 찼다. "알잖아! 그 사람 분명
히 경험 없을 거야. 경험이라 함은 뭘 말하는지 알지?"

"아…… 알아요."

"그래서 나도, 과거 일은 그 사람한테 말하지 않았어."

"이번엔 대단히 신중한 작전이군요."

"바보! 나 정말로 그이가 좋단 말이야. 그래, 내가 여
태 찾고 있던 건, 그런 사람이었어……. 게다가, 그이랑
약혼했다고. 너, 약혼이란 단어, 알고는 있어?"

"알아요, 압니다. 글자도 쓸 줄 알지요."

"이건 정말 엄청난 일이야. 서로의 인격을 인정한 거니
까. 나, 그렇게 생각하면, 두렵기도 해." 그녀는 부끄러
운 듯 미소 지었다. "하지만 나, 케이만은 잃고 싶지 않
아……. 성실한 사람이고…… 상처를 줄 만한 일은 절대
하면 안 될 것 같아."

나는 유이코가 이 새로운 연인에게 몹시 열중하고 있
다는 것을 의심하지 않게 되었다. 그리고 케이가 순진하
고 순수한 남자라는 생각에 유이코 자신도 그러한 것에
대한 향수를 느끼기 시작한 모양이었다.

"어쨌든 결혼이란 건 말이지, 엄청난 일이야. 대외적
으로도, 이제부터는 둘이서 책임을 지겠습니다, 하고 서

로 맹세하는 것이고, 내적으로도 그 맹세를 끊임없이 서로 확인하는 것……."

유이코가 여성잡지의 부록에나 있을 법한 해설을 늘어놓고 있을 때 케이가 돌아왔다.

나는 케이에게 제법 호감을 갖게 되었다. 솔직히 말해 어디서 굴러먹던 말 뼈다귀인지 모를 인상이긴 해도, 그 큰 덩치를 여기저기 늘 부딪히고 다니는 데다 길고 큰 손발은 또 어디에 두어야 할지 몰라 난감해하면서 유이코의 안색만 살피려는 그 모습에 닳고 닳은 구석은 전혀 없었다. 유이코가 술값을 치르고 있는 동안, 그는 조금 생각하는 듯하더니 그녀가 마시다 남긴 맥주를 재빨리 비웠다. 그 모습을 내게 들키자, 겸연쩍은 듯이 손바닥으로 입술에 묻은 거품을 닦고 서둘러 쫓아왔다.

우리가 조니 리를 만난 것은 그 후였다. 조니의 힐먼 (hilman, 영국산 자동차-옮긴이)이 미도스지 거리를 헤쳐 나가다 우리를 발견하고 태운 것이다. 조니의 매니저인 테츠라는 남자와 나도 아는 젊은 여배우까지 동승하고 있어서 차 안이 꽉 찼다. 유이코는 조니와의 만남을 기분 나빠 하기는커녕 무척 반겼다. 원래 두 사람은 조니가 방송국 전속 밴드 보이였을 무렵부터 알고 지낸 사이였다.

소년 조니는 아기처럼 모두에게 귀여움을 받으면서도 나이답지 않게 여자에 관한 한 뛰어난 수완가였다. 유이코는 조니 리가 가수로서 세상에 나오기까지 만만찮게 뒷바라지를 했을 터였다. 헤어졌을 당시에는 울기도 많이 울고 원망도 많이 했으면서 지금껏 만나면 늘 화기애애했다. 조니의 수완이나 유이코의 사람 좋음 때문이기도 하지만, 그 이상으로 두 사람이 지닌 정서에 뭔가 의기투합되는 공통 요소가 있는 듯했다. 함께 있으면, 익숙할 대로 익숙한 공기의 촉감이며 피차 잘 아는 대화의 리듬감이 갑자기 되살아나는지, 조니를 바라보는 유이코의 눈가에 미처 감추지 못한 색기와 화사함이 드러났다.

조니는 광대뼈가 두드러져 보이고 눈초리가 가늘게 치켜 올라간 한국계 미청년이었다. 표범과 같은 호박색 눈동자가 이따금 무표정하게 빛날 때면 정체 모를 차가움이 느껴지지만, 오늘 밤은 술에 조금 취했는지 눈가가 불그레하니 정감 가는 색조로 젖어 있었다. "어때? 유이코 씨, 그 후로"라고 입을 떼자마자 차가 움직이기 시작했다. 테츠가 운전은 또 얼마나 험하게 하는지, 교차로에서 급브레이크를 밟고 서는 바람에 하마터면 모두 혀를 깨물 뻔했다.

"뭐야 이거! 전기 안마도 아니고."

유이코가 욕을 퍼붓기 무섭게 자동차가 미끄러져 나가고, 그 바람에 이번에는 모두 시트에 뒷머리를 찧었다. 그때마다 일어나는 비명과 웃음소리.

"거기, 동굴에서 끌어낸 곰 같은 아저씨…… 댁은 뭐하는 분이신가?"라는 조니의 물음에,

"어머, 이 사람은 퀴즈 해답가야."

유이코가 대답하고 깔깔거리며 웃었다.

"그래? 난 또, 단체 맞선 주최자인가 했네."

차가 또다시 급발진하자, 일제히 목을 흔들며 욕을 퍼부었다. 차 안의 라디오에서는 요즘 엄청나게 유행하고 있는 노래 '살인 청부업자의 미소'가 꽝꽝 울려 나오고 있었다. 여자들의 모자가 흔들려 떨어지고 핸드백이 휘둘리는 등 차 안은 들끓어 터지기 직전이었다.

"그래서, 유이코 씨는 요즘 뭘 팔고 있어?"

"바보, 내가 귤이나 정어리 따위를 팔 리는 없잖아? 여전히 고결한 인격과 재능이지."

조니와 유이코가 시시덕거렸다.

차에 가지고 탄 주스 병이 발밑에 굴러다니고, 나는 지겹도록 옆자리 여배우에게 한쪽 정강이를 차였지만 워낙

비좁은 탓에 불평할 여지도 없었다. 핸들을 쥔 테츠는 혼자 기분이 좋아서, 으샤! 하며 커브를 돌았다. 차는 마치 즐거워 미치겠다는 듯이 한쪽 바퀴로 도는 것처럼 기울고, 우리는 일제히 장기짝 넘어지듯 쓰러졌다. 뽀글뽀글한 레이스와 슈미즈의 주름장식이 말려 올라가고, 여자들은 가터벨트까지 보이며 내 몸에 붙어 따라 왔다. 스커트가 뒤집어지고, 모자의 리본, 장갑, 금색 잠금쇠가 달린 손가방, 남자들의 풀린 넥타이, 쿠션의 금술, 새된 비명과 웃음소리, 너무 웃어서 나온 눈물이며 딸꾹질 등을 조각조각 채워 넣은 자동차는 마치 등불을 밝힌 극채색의 캔디 상자가 달리고 있는 것 같았다.

우리들이 자주 모임 장소로 삼고 있는 오사카 북부의 강변 바 '앙리'는 오늘따라 붐비는 데다 에어컨도 듣지 않아 더웠다. 서둘러서 차가운 술을 마시자 어쩐지 바로 술기운이 돌았다.

"조니, 당신 '단결'이란 말 알아?"

유이코는 달콤한 술로 끈적거리는 카운터를 피아노 치듯 손가락으로 두드리며 말했다.

"나, 요즘 학습 중이야. 더 이상 옛날의 내가 아니라고. 우리가 나아갈 길은 노동자의 단결이야."

"단결이라, 나 그거 좋아해. 유이코 씨와는 단결하고 싶어."

조니는 갑자기 게게 풀어져 있는 유이코의 입술에 입맞춤했다.

"바보, 단결 말이야, 단결. 모든 인민은 자본가계급의 착취와 수탈에 대해 단결하여 싸워야만 한다고."

유이코는 꽤 많이 취한 듯 보였다. 굵고 둥글둥글한 짧은 다리를 대롱거리며(의자가 높아서 파랑과 크림색 체크무늬 바닥까지 발이 닿지 않았다) 한쪽 팔을 뻗었다.

"민족 독립, 빈곤 일소…… 케이, 그리고 뭐였지? …… 아, 맞다, 전쟁 반대! 조니, 너도 이제부터 공부하지 않으면 안 돼."

"그래, 초보로 입문할게. 당신은 특별히 친절하니까. 우러러 보면 높아라~ 우리 스승의 은혜. 그렇지 않아?"

조니는 허허로이 케이에게 고개를 끄덕였다. 그러고 나서 유이코에게 귀엣말을 했는데, 아마도 케이에 관한 험담이었던 듯 그녀가 갑자기 깔깔거리며 웃어댔다. 그러는 동안 케이는 입가에 주뼛주뼛 희미한 미소를 띤 채 잠자코 앉아 있었다. 그는 촌사람처럼 오가는 대화에 흠칫흠칫 귀를 기울이더니 그런 자신에게 화가 난 양 부루

퉁한 표정이 되었다. 그의 불룩한 등에서는 마치 분노가 쌓인 야수와도 같이 엄청난 폭발의 에너지가 느껴졌다.

"저 사람은 뭐 하는 사람입니까?"

케이는 조금 더듬는 듯한 말투로 조니에 대해 내게 물었다. 크림색 양복에 푸른 셔츠를 입은 조니는 바텐더며 안면 있는 손님들에게 완전히 에워싸여 있었다.

"왠지, 인기 직업인 같군요."

케이가 놀란 눈을 하고 중얼거리듯 말했다.

"그냥 재즈 가수예요. 그 외에 가벼운 연극도 하고."

나는 시대극 코미디 〈촌스케의 엉터리 수행〉의 게스트로 조니 리가 나오는 대본을 쓴 적이 있다.

"아하" 하고 케이는 감탄했다. "매스컴 인종이군요."

그 말에는 조금 경멸의 울림이 있었다. 나는 어쩐지 그가 주간지 애독자일 것 같은 생각이 들었다. 매스컴 인종이라 불리는 인종은 어디에도 존재하지 않았다. 그것은 있다고 믿는 사람들의 머릿속에, 그리고 저속한 주간지나 잡지의 기사에만 있는 이상한 인종의 일종이었다. 케이는 조금 취기가 돌기 시작했는지 목소리가 커졌다.

"아아, 실로 퇴폐적인 분위기구먼! 그렇지 않습니까?"

하며 내 의견을 물어왔다. 사실 내게 '앙리'는 절반은 일터나 다름없었기 때문에 그런 생각은 해본 적도 없었다. 나는 이곳에서 사람을 만나고, 업무 협의를 하고, 의견을 적어두고, 원고를 건네고, 남의 작품의 결점을 서로 파헤치곤 했다. 나 말고도 다른 누구나가 분주히 연락하러 드나들고, 그리고 술집이라는 증거로 색이 들어간 것을 조금 홀짝이다 가는 곳일 뿐이었다.

"아, 당신도 매스컴 인종이지. 당신도 방송 작가 아닌가요?"

케이는 이번엔 날 붙들고 늘어지기 시작했다. 부탁이니 그렇게 부르진 말아줬으면 한다고 나는 말했다.

"아니, 맞아, 매스컴 인종이야. 경솔하고 소견 얕은 부르주아적 도덕을 선전하고, 민중에게 해독을 유통시키는 사람인 거야. 반동정부에 협력해서 어리석은 퇴폐 정책의 앞잡이 노릇을 하고 있지 않습니까?"

분명 나는 시시한 각본을 쓰고 대충 짜 맞춘 도덕의 범위 내에서 '결말'을 짓곤 했다. 이런 복잡 미묘한 결말을 달아 앞뒤 정황을 맞추느니, 사회체제 자체를 바꿔버리는 쪽이 손쉽다는 생각 또한 했다. 하지만 그럼에도 케이에게 그리 매도당하고 보니, 뭔가 내 일이 아닌 것 같고 나 자신이 말도 안 되는 괴물(유이코가 내게 강매한 붉은 심장 시리즈의 삽화에 등장하는 자본가계급의 희화(戲畵)-실크모자를 쓰고 불룩한 배를 내민 채 시가를 피우며 송곳니를 드러낸 늑대 신사. 그 풍성한 올챙이배에는 '착취' '수탈' 이라는 글자가 새겨져 있다)의 부하 괴물이 된 것만 같아 뜻밖이었다.

"당신은 문화인이니까! 나는 선로공이고" 하고 케이는 넓적다리를 치며 웃었다. 그는 이미 몇 잔을 더 추가해 마시고 있었다. 나는 왠지 그의 술버릇이 좋지 않을 것 같은 예감이 들었다.

"퇴폐야! '멋진 생활' 딱 그대로야" 하고, 케이는 조니에게 기대어 있는 유이코를 바라보며 언짢다는 듯이 중얼거렸다. 나는 드디어 공통의 대화 소재를 찾아내고 가슴을 쓸어내렸다.

"'멋진 생활' 보셨어요?"

그것은 평판이 자자한 외국영화였다.

"아니, 그건 좌파를 깎아내려서 보지 않았어."

그러고 나서 케이는 또 목소리를 높여 내게 고함쳤다.

"부르주아적 퇴폐물이기 때문이야!"

나는 케이를 나쁘게 여길 마음은 없었다. 단지 대단히 정직한 남자라는 생각이 들었을 뿐이었다. 유이코가 다리가 꼬여 비틀비틀 다가왔다.

"어머나, 꽤나 의기투합한 모양이네? ……케이, 즐거운 밤이지 않아? 이제부터 다 같이 '캔들 클럽'에 가서, 바나나랑 아이스크림 먹자. 조니가 그러자고 하는데……."

조니는 위스키소다 잔을 손에 들고, 나를 놀리려고 일어나 다가왔다.

"히로시 씨, 당신은 여전히 굶주린 토끼 같다니까. 불경기라 말이지."

그러더니 나보다 나이도 어린 주제에, "어린이는 이제 집에 들어가야 할 시간이에요, 히로시……" 하면서 내 어깨를 두드렸다. 실제로 '앙리'의 라디오에서는 10시를 알리는 맑은 멜로디의 '미오츠쿠시 종(매일 밤 10시에 청소년들의 귀가를 촉구하기 위해 방송하는 종소리-옮긴이)'이 울려 나오기 시작했다.

4

일주일쯤 지난 9월의 셋째 주 어느 날, 밤늦게 유이코가 집으로 찾아왔다. 나는 곤혹스러웠다.

"지금 좀 바쁜데."

"뭐 하는데?"

"〈탈선 부인〉 쓰느라."

"바보, 그런 쓰레기 같은 드라마랑, 인간의 진짜 드라마랑 어느 쪽이 중요하겠어? 바보 멍청이!"

유이코는 그렇게 말하면서 다짜고짜 집 안으로 들어섰다. 그녀의 코트와 우산이 물방울로 반짝반짝 빛나는 것으로 보아 빗발이 거세지고 있다는 것을 알 수 있었다.

"케이! 어서 들어와요."

그녀는 말을 마치기 무섭게 안쪽 방과 칸막이로 쓰고

있는 커튼을 젖히고, 사시사철 깔려 있는 내 이부자리를 부랴부랴 걷어치웠다.

케이는 흠뻑 젖은 모습으로 느릿느릿 현관에 나타났다. 히쭉 무거운 미소를 보이며 머뭇머뭇 집 안으로 들어섰다. 나는 어쩔 수 없이 담배와 재떨이를 들고 자리를 옮겼다.

"무슨 일이에요?"

"아, 히로시. 케이가 헤어지자는 거야."

유이코는 케이의 머리에 맺힌 물방울들을 닦아주었다. 그는 기분이 편치 않은 듯 잠자코 있었으나, 유이코가 손을 물리자 누구에게랄 것 없이 나직하게 말했다.

"내게는 모리 씨를 행복하게 할 자격이 없다는 것을, 확실히 알게 됐습니다."

"어째서?" 유이코는 열심히 말했다. "우리, 서로 이해하고 있었지 않아?"

"아니, 난 당신에게서…… 아니, 그만 됐어. 나는 다만, 모든 걸 다 잊어 달라고 부탁하러 간 겁니다. 그런데, 당신은 혼자서 들을 용기가 없다면서, 히로시군 집에까지 나를 끌고 온 거잖습니까."

"어째서? 모든 걸 잊으라니, 그런 단순하고 무책임한

말에 어느 여자가 납득을 할 수 있겠어?"

유이코는 애써 침착해 보이려고 애처로운 미소를 지었지만, 그 웃음은 한쪽 뺨에 경련을 일으키고 말았다.

"케이, 그건 나를 사랑하지 않는다는 의미로 받아들여도 돼? 히로시도 듣고 있으니까, 솔직하게 대답해줘. 나를 사랑하지 않아서, 나를 싫어해서야?"

"싫었다면 여태 만나지 않았겠죠."

케이는 느릿느릿한 말투로 빈 담뱃갑을 만지작거리면서 대답했다. 마치 엉덩이가 무거운 곰이 회초리를 맞아가며 마지못해 재주를 부리는 듯한 태도였다. 데면데면한 느낌으로 고집스럽게 얼굴을 숙이고 있는 그 모습은, 머리 나쁜 아이를 꾸짖고 있는 듯한 기분이 들게 했다. 내 앞에 책상다리를 하고 앉은 그의 발이 눈에 뜨였다. 발가락이 터진 양말은 물에 젖어 심한 악취를 풍기고 있었다.

"그럼 당신은 왜, 나한테 그토록 친절하게 굴었던 거야?"

유이코의 그 말이 내 귀에는 이렇게 들렸다. '이제 와서 거절할 거면, 어째서 나랑 잔 거야?'

유이코에게는 묘하게 여린 구석이 있어서, 그것이 때

때로 은근한 수치심이 되어 나타났다. 그녀가 받은 고풍스러운 가정교육 때문인지, 그녀 자신의 낮은 눈높이 때문인지 나로선 알 수 없었지만.

"하지만, 남자가 여자에게 친절한 건 당연한 일 아닌가요?"

케이는 비웃는 것처럼 거의 남의 말 하듯 대답했다. 보아하니 일부러 쌀쌀맞게 행동함으로써 그녀를 겁주어 추궁을 무마하려는 속셈이 분명했다. 나로서는 이제까지 알지 못했던 그의 추잡한 부분이 느껴져서 싫었다.

"아무튼 나는 당신과 다른 세계의 인간이라는 것을 깨달았어요."

창밖은 비가 심하게 휘몰아치는 모양이었다. 밀폐된 실내는 기름진 어른들의 열기로 좁아들어 무더웠다. 한동안 선풍기 돌아가는 소리만이 숨 막히게 집 안을 채웠다. 나는 담배를 입에 문 채 냉장고로 가서, 술과 얼음을 내왔다. 유이코는 꼼짝 않고 책상에 팔꿈치를 붙인 채 턱을 괴고 앉아 있었다. 허공을 멍하니 응시하는 그녀의 눈은, 마치 끝없는 우물에 단추를 띄운 것처럼 불안하게 흔들렸다.

술이 들어가자 케이는 대번에 말이 거칠어지고 동작도

46

과격해졌다. 물방울투성이의 책상을 손바닥으로 탁 내리치며 말했다.

"나는 선로공이야!" 뒤이어 "나는 가난한 노동자야!"라고 소리치며 술병을 손으로 쳐서 굴려버렸다. "나는 불행과 비참을 의식하며 살아가야만 해. 지금부터, 내 존재의 핵분열이 시작되는 지금부터, 미온적인 생활은 피해야만 한다고 깨달았어. 그렇기 때문에, 나한테 당신은 어울리지 않아. 분명히 말하는데, 딱 잘라 말하는데, 그렇다고!"

그가 번뜩이는 눈초리로 쏘아보며 고개를 쳐들었다.

"당신은 내게 방해가 될 뿐이야!"

나는 그제야 알았다. 케이는 아마도 일종의 알코올중독으로, 술이 들어가면 갑자기 용기가 솟고 잔혹함도 생기지만, 맨 정신일 때는 마냥 벌벌 떠는 자신을 자책하는 약간의 이중인격자인 모양이었다. 오늘 밤의 케이는 땀과 기름으로 번질번질한 게 지저분해 보였지만, 음영 깊은 생김새는 나름대로 토속신 같은 기묘한 조각상이 연상될 정도로 훌륭했다. 게다가 지난번 '앙리'에서와는 달리, 청산유수 같은 웅변을 토했다.

"모리 씨, 당신에겐 이미 생활의 틀이 있어. 그렇지 않아? 내가 당신의 생활에 무엇을 더 담을 수 있겠어! 당신을 행복하게 하기 위해 도대체 내가 무엇을 해야 하냐고! 어이! 당신을 보다 풍요롭게 만드는 어떤 뛰어난 부분을, 내가 갖고 있다는 건가? 나는 당신의 애완동물이 되는 건 사양하겠어. 당신은 나를, 돈으로 살 수 있는 강아지처럼 여기고 있을 테지."

유이코는 훌쩍거리며 울기 시작했다.

나는 소름이 돋을 정도로 감동 받았다. 그녀와 알고 지낸 몇 년 동안, 그녀의 우는 모습은 거의 본 적이 없었다. 태고 이래, 눈물 따위와는 거리가 먼 메마른 눈이 바로 그녀의 눈이라고 나는 생각해왔다. 그런데 그런 그녀가 어린 소녀처럼 손등을 눈에 대고 흑흑 흐느껴 울기 시작한 것이다.

"아아, 케이…… 나, 정말 당신이 좋아. 그런 심한 말은 하지 마. 내 겉모습에 현혹되지 말아줘…… 나, 강한 것 같아 보여도 위태위태하단 말이야. 그렇지, 히로시?"

말을 마친 그녀가 울다 말고 별안간 나를 보았다. 나는 물고 있던 담배를 황급히 잡아 빼며 "그래요"라고 했다. 그녀의 얼굴이 잔뜩 일그러지면서 다시 새로운 눈물을 뿜어냈다.

"케이…… 내 곁에 있어줘. 날 구해줘. 나, 당신을 처음 만났을 때, 이 남자야말로 내 마지막 남자다, 그렇게 생각했어."

그녀는 흐느끼며 말했다.

"그야, 당신은 눈치도 없고, 돈도 없고, 플레이보이가 아니기 때문에 내 비위도 맞출 줄 몰라. 하지만, 거짓말을 하는 사람은 아니라고 믿었어. 지금까지 만난 남자들하곤 어딘가 달라. 그래서, 당신을 선택한 거잖아……."

"당신이 나에 대해 뭘 안다고."

케이는 매우 경멸한다는 듯이 코웃음 쳤다.

"어머, 케이, 당신은 전위당의 열혈당원이잖아. 분명 나보다 현명할 거야. 하지만, 나는 그래서 존경하는 게 아니야. 나는 그냥 당신이 좋은 거야. 어째서 내게 상처를 주는데?"

"당신은 내가 아는 어느 여자보다 별 볼일 없어. 밤이고 낮이고 그런 쓸모없는 녀석들에게 둘러싸여(틀림없이, 요 전날 밤에 만났던 조니 패거리들을 말하는 것이리라), 매스컴이란 좁은 우물 속에서 한껏 문화인 같은 낯짝을 하고 떠들어대지. 하지만 내 여자 친구가 훨씬 훌륭해. 아침부터 밤까지 궂은 일 마다하지 않고 열심히 일하는 노

동자라고. 게다가, 나에게 카프카나 사르트르에 대해 말
해줄 수 있지. 그녀는 실존주의자야."

　유이코는 낭패하여 도움을 구걸하는 듯이 눈물 사이로
흘낏 나를 보았다. 그 눈은, '빨리 빨리 간단히 가르쳐줘,
히로시. 실존주의가 뭐야?' 라고 말하는 것 같았다. 케이
는 이미 완전히 취해 큰 소리로 떠들었다.

　"인간은 서로 상처 주고 상처 받으면서 살아가는 거야!
상처를 주고받으면서, 삶의 증표를 구해야 한다고! 모름
지기 은혜를 저버리기도 하고, 가해자가 되고, 배신자가
되어야 하는 거야! 그런 가운데 진정한 자신의 존재 증
명, 살아 있다는 증표를 얻을 수 있는 거라고. 이건 그녀
가 해준 말이지만, 그러나 우리는 서로 이해할 수 있어.
그런데 당신은 뭐야? 겉만 번지르르한 식자에 불과하지
않느냐고. 천한 글로 먹고 사는 업자에 불과하지 않느냐
말이야! 그런 당신이 나의 사상에 공명할 수 있을까? 나
의 주의를 따라올 수 있을까? 몇천만 민중을 사랑할 수
있을까?"

　유이코는 아무 말 없이 경직된 몸을 웅크리고 있었다.
그녀가 자기 자신을 불쌍하고 비루한 인간, 실로 하잘것
없는 한심한 바보 멍청이로 여기고 있다는 것, 그리고 케

이의 말이 구타에 버금가는 타격을 주고 있다는 것을 나는 알 수 있었다.

"난 말이지." 케이는 누구에게랄 것도 없이 큰 소리로 욕을 퍼붓고는 말했다. "당원이야. 나는 당을 위해서 죽는다. 그래, 나는 어디까지나 말단 당원에 불과해. 그렇지만, 나는 당을 위해서라면 언제라도 죽을 수 있을 만큼 당을 사랑하고 있어. 그러니까, 나는 당신을 행복하게 해 줄 수 없어. 당신을 사랑할 수도 없어. 왜냐면, 당신은 마르크스와 레닌에 연이 없기 때문이지. 당신은 지금의 썩어빠진 자본주의 사회에 쉽게 미끄러져 들어갈 수 있는 인간이야. 내 뒤를 따를 수 있는 인간이 아니라고. 나는 대중을 위해 일하지 않으면 안 돼. 당신에게는 한 줌의 팬이 있을지 모르지만, 나에게는 수천만 대중이 기다리고 있어."

"어머, 케이…… 나도 대중의 한 사람이잖아. 한 사람도 구하지 못하면서, 어떻게 수천만 대중을 구할 수 있다는 거야?"

유이코가 중얼거리자, 케이는 조금 수그러들며,

"그건 그렇지……" 하고, 마지막 남은 위스키 한 잔을 마셨다. 그러고 나서 유이코 곁으로 미적미적 다가가 뺨을 댔다. 나는 그때, 느긋하게 웃는 케이의 뺨에서 여자 좋아하는 칠칠치 못한 구석을(이는 그의 과거 여자관계를 암시했다) 발견하고 깜짝 놀랐다.

"나는 혁명의 총탄을 대신하여, 지금 당장 죽어버릴 수도 있어. 알아들어?"

"케이, 그런 건 나와 상관없어. 나는 당신이 무작정 좋을 뿐이야." 유이코가 외쳤다.

"그것만 가지고는 안 돼. 나는 당원이야. 나에게는 죽음과 혁명의 이미지밖에 없다고!"

목소리가 커지다 못해 그는 급기야 짖어대기 시작했다.

"그런 나를 따라오겠다면, 당신도 혁명의 이미지를 가져야만 하지 않겠느냐고!" 그리고 한순간 얌전하게 물었다. "내가 사형을 당하면 어떻게 하겠어?"

"따라 죽을 거야."

"거짓말쟁이!"

그는 또 짖어댔다.

"그렇다면, 당신의 생활을 싹 갈아엎고 나의 주의를 따라올 수 있어?"

"물론이야, 케이."

나는 창밖을 내다보았다. 강한 바람에 노송나무 울타

리가 휠 정도로 거센 비가 몰아쳤다. 여문 여름 과실을 떨어뜨리고, 따가운 햇볕에 바싹 말라 타들어가기 시작한 대지, 권태가 때려눕힌 건조한 대지를 대번에 촉촉이 적시며 서늘한 공기를 남기고 가는 여름 끝자락이 생각나는 날씨였다.

나는 작업 공간과 방 사이의 커튼을 살그머니 치고 책상 앞에 앉았다. 유이코와 케이의 대화에 더 이상 제삼자의 개입이 필요치 않을 것 같았기 때문이다. 그러나 케이야 내가 잘 모르는 사람이니 당연한 일이지만, 유이코 또한 내가 상상도 못했던 면을 가지고 있다는 것을 오늘 밤 처음 알게 되었고, 그것이 내 인식 범위 밖이었다는 것에 은근히 부아가 치밀었다.

"그래, 맞아……."

희고 파란 가로 줄무늬 커튼 너머에서는 케이의 기세가 한풀 꺾여 있었다.

"나, 당신을 오해하고 있었나 봐. 요 전날 밤에 만난 녀석들 때문에, 당신까지 경멸하고 있었는지도 몰라."

"맞아, 케이. 나, 당신을 위해서, 붉은 심장 시리즈도 읽었고, 여러 가지를 공부했잖아, 이래 봬도."

유이코는 남자의 기분을 민감하게 헤아리며 신바람이

나서 이야기했다.

"나는 선로공이야. 그래도 괜찮아?"

"어머, 그렇기 때문에 믿을 수 있는 거야."

"어쩌면 우리, 의외로 잘될지도 모르겠다. 나, 당신을 오해하고 있었던 것 같아. 우리는 제대로 된 인간관계의 표상으로, 의식 심층부에 조화된 부분이 있는지도 모르겠어. 거기에서 생긴 에너지가, 우리의 일상에서 계속 재생산되어 갈지도 몰라."

"뭐야, 케이, 종잡을 수 없는 말 좀 그만 해."

완전히 기운을 되찾은 유이코가 외쳤다.

"좀 더 간단하게 말해줘. 당신, 나를 선택하는 거야?"

"좋아, 드디어 선택했어."

"그럼…… 그럼 결혼해주는 거지?"

"서로 사랑하는 사람들은 함께 살아야만 해."

"맞아, 맞아." 유이코의 목소리는 당장 춤이라도 출 것 같았다. "중요한 건, 내가 당신을 죽을 만큼 좋아한다는 거야…… 그 점을 진지하게 생각해줘."

"고마워."

케이의 목소리는 감동에 젖어 있었다.

"결혼하자. 해야만 해. 우리는 서로를 완전히 이해하

고 있으니까."

"그래, 케이. 나, 남자와 단지 놀고 싶은 것이 아니야. 그럴 거면, 좀 더 눈치 빠르고 돈 안 드는 늑대들이 이 도시에는 흔해빠졌는걸……."

나는 펜을 놀리면서 말을 걸었다.

"저기…… 이제 이야기도 얼추 끝난 거 같은데, 아닌가요? 서둘러 돌아가지 않으면 전철 끊길 겁니다."

"어머, 히로시. 너 아직 거기에 있었어……?"

유이코가 정말 진심으로 놀랐다는 듯이 말했다

"어쩜, 나쁜 사람 같으니. 죄 듣고 있었던 거네?"

"이보세요, 여기 제 집이거든요?"

"말 나온 김에 미안하지만, 오늘 밤 어디 다른 데 가서 자주면 안 될까?"

"농담 말아요. 나, 할 일이……."

"가져가서 하면 되지 않아?"

갑자기, 커튼 뒤에서 심상치 않은 침묵이 1분. 1분 30초. 내 펜은, 원고지의 칸과 칸 사이에서 얼어붙어 움직이지 않게 되었다. 곧이어 깊숙이 숨을 삼키는 유이코의 즐거운 듯한 웃음소리. 어떤 동작을 부추기고 있는 케이의 대담하고 뻔뻔스러운 속삭임. 그리고 또 침묵. 다시 유이코의 킥킥거리는 웃음…… 문득 정신을 차리고 보니, 나는 눈이 접시만 해가지고 귀를 쫑긋 세운 채 만년필 펜 끝을 종이 위에서 갈아대고 있을 뿐이었다. 돌연, 만취한 케이의 소곤거리는 목소리.

"……당신이 나빠."

"바보, 당신이 너무 많이 취해서 그래."

유이코의 달콤하고 나른한 속삭임. 그리고 웃음소리. 이런, 제길! 사람을 바보 취급해도 정도가 있지…… 날 뭘로 보는 거야……. 나는 오기가 나서 책상에 들러붙어 있었지만, 결국 한 글자도 쓰지 못했다. 펜을 내팽개치고 레인코트를 집어 들었다.

"이봐요! 문단속만은 부탁한다고요!"

나 자신이 너무 바보 같아서 화도 제대로 낼 수 없었다. 심야 버스를 잡아타려고 했지만 터무니없이 반대 방향으로 걷고 있었다. 그래서 오던 길을 되돌아갔으나 이번에는 버스 정류장을 지나쳐버렸다.

5

"어때요? 혁명의 총탄 씨는?"

"응, 경과는 양호한 편이야. 요전에 만났을 때, 1~2년 안에 결혼하자고 얘기되었어. 10년 후라도 달라질 건 없지만, 빠른 시일 내에 합치는 게 그만큼 빨리 서로에게 뭔가 플러스가 되지 않겠느냐고, 그 사람이 그래서."

"드디어 하게 됐구나."

"드디어 하게 됐어."

나와 유이코는 스튜디오의 조정실 같은 데서 우연히 마주치면, 주위 사람의 눈을 피해 그런 이야기를 주고받았다. 스튜디오 안에는 두세 명의 효과 담당을 비롯하여 밴드 연주자들이 우왕좌왕하며 준비를 하고 있었다. 몸에 착 달라붙는 데님 청바지에 눈동자가 예쁜 미소년 밴드 보이가 분주히 돌아다니며 연락병 노릇을 했다. 마치 조니의 옛 모습을 보는 것 같았다.

해마다 피는 꽃은 같지만, 사람은 그렇지 않구나.

나는 말을 타듯 의자를 타고 앉아 녹음기 위에 재떨이를 가져다 놓고 담배를 피웠다.

"이번엔 진짜죠?"

"진짜야."

유이코는 기쁜 듯이 말했다.

유이코의 일을 어떻게든 마무리 지어주자는 생각이 진심으로 들기 시작하던 참이었다. 뭐, 융통성 없고 머리가 나쁘긴 해도, 케이는 이제까지 유이코가 만난 남자들 중에서는 가장 수수하고 착실해 보였다. 다만, 내가 보기에 케이는 우리가 생각하는 것 이상으로 자신의 직종에 얽매여 허세를 부리는 콤플렉스가 있는 것 같았다. 그런 섬세한 심정이 그날 밤에 보인 난폭한 태도 안에서 어떻게 굴절되어 있는지, 그 접점을 더듬어 가노라면 알 수 없는 암흑에 봉착하는 기분도 들었지만.

"어쨌든, '당원'이라는 착안점이 좋았던 거네요" 하고 나는 말했다. "『당원 필휴』에는 우선 성실로써 민중을 위하지 않으면 안 되게 되어 있으니까."

"맞아, 그리고 지난번에 케이가 나한테 헤어지자고 했던 것도, 그가 당을 최우선으로 여기기 때문일 거라고 생각해. ……그래서 말인데 히로시, 앞으로 어떻게 대처하면 좋을까?"

"정말 케이를 좋아한다면, 이런 스튜디오에서 서성거릴 게 아니라, 땀 흘려 일하는 노동자가 되어야 하지 않을까요?"

"아, 그건 마지막 비장의 카드야. 케이가 원한다면 그렇게 할 거야, 좀 괴롭긴 해도."

"모리 씨, 오사카 여자잖아요? 케이를 따르는 것이 이득인지, 지금 일을 계속해 나가는 게 이득인지, 그런 손익 판단은 빠르잖아요?"

"너까지 바보 같은 세상 사람들처럼 말하다니. 오사카 여자란 텔레비전이나 통속소설 속에나 있는 거지, 여자는 다 똑같아. 어디의 여자이건, 이해득실을 최우선으로 따지기 마련이라고. 나에게 케이는 흑자야."

"그럼, 다 된 거네…… 이제, 케이한테 정착하는구나."

"종착역."

"잘 낚아 올려서 다행이에요."

"응, 잘 낚아챘다 싶어. 하지만, 그가 그토록 열심인

걸 보면 분명히 당은 좋은 걸 거야. 머지않아 나도 흉내만 내는 게 아니라 진짜로 당을 좋아하게 될지 몰라. 그런 게 부부가 아닐까 싶어."

내가 흥이 깨진 것은 사실이었다. 유이코의 말이 지나치게 솔직해서. 나는 그녀 입에서 이런 말이 나올 수 있도록 만드는 사랑(혹은 안정된 결혼 생활에 대한 여자들의 격렬한 갈망)의 위력을 절감하지 않을 수 없었다. 하지만 뭐, 낚아채든 낚아 올리든 둘 다 케이를 그녀의 함정으로 잡아들인 느낌이 들었으므로 공범 같은 기분이었다.

"스튜디오 OK!"

밴드 보이가 외치면서 복도를 달려가고, 우리는 격려의 악수를 나눈 뒤 각자의 업무로 돌아갔다.

우기가 오기 전에 격심한 늦더위가 기승을 부리는가 싶더니 이윽고 9월이 천천히 익어갔다. 뒤이어 가을의 전조인 우기가 오사카 거리를 훑고 지났다. 이따금 비가 그쳐도 연무 때문에 하늘은 잔뜩 찌푸려 있기 일쑤고, 나카노시마의 잿빛 강은 답답하게 흘러 고이는 데다 주변 일대의 지반이 내려앉는 바람에 공원 벤치의 발치까지 강물이 밀려 들어왔다. 예년보다 가을이 늦다고들 하는

데, 어느 날 아침 갑자기 우기가 물러가고 이 대도시가 가장 아름다운 가을을 맞이했다.

하긴, 내가 가을을 발견한 것은 예의 계절도 시간도 없는 11층 식당에서였다. 프로듀서가 노랗고 예쁜 은행나무 잎을 만지작거리고 있었기 때문이다. R빌딩 앞 도로에서 주웠다는데, 유이코의 원고에 대한 불만을 내게 토로하려고 온 거였다.

"사회가 나쁘다, 정치가 잘못됐다, 따위의 결말을 붙여서 어쩌겠다는 건지……. 대중이 납득을 해야 말이지."

가요 이야기를 다룬 라디오 드라마로 '긴카메 소주'가 스폰서를 맡고 있었다. 나는 남자처럼 탄탄한 글씨로 써 내려간 그녀의 원고를 훌훌 넘기며 읽었다.

"음, 아무래도 계몽 선전 같네요."

"그렇지?" 프로듀서는 고개를 갸웃거렸다.

"모리 씨, 왜 갑자기 이런 걸 쓰기 시작한 건지……. 늘 하던 대로, 달콤하고 감동적으로 마무리 지어주었으면 싶은데."

"모리 씨한테는 얘기했나요?"

"아니, 4~5일 계속 전화했는데 받질 않아. 이제 시간이 없어서 말이야. 급한데, 만날 일 없나?"

아마 케이의 아파트에 틀어박혀 놀고 있겠거니 싶어 나는 원고를 받아가지고 나왔다. 지금까지도 그런 일이 종종 있었긴 했지만 4~5일씩 집을 비우는 일은 드물었다.

그런데 그날 밤 집에 돌아와 보니, 불이 켜 있고, 유이코가 망가진 장의자에 앉아 있었다.

"히야……, 집주인한테 열어 달라고 한 거예요?"

나는 넥타이를 풀면서 말했다.

그녀는 흰 바탕에 짙은 오렌지색 줄무늬가 들어간 옷을 입고 있어서, 몸을 틀 때마다 마치 거대한 꽈배기엿처럼 보였다. 양손에 하나씩 반지를 끼고 있었다. 팔찌에 목걸이까지 있는 대로 꾸미고는 조용히 벽 쪽에 앉아서 남의 술을 멋대로 따라 마시고 있었다.

"무슨 일 있었어요?"

내가 물어보기를 기다렸다는 듯이 그녀는 와락 울음을 터뜨렸다.

"끝났어, 히로시, 나 이제……. 케이가 나한테서 도망쳤어!"

"도망을 쳐?"

"절교장을 내던지고, 행방을 감춰버렸다고!"

"남자들의 수법이잖아요, 그건……. 사랑싸움 아니에

요?"

"아니야, 여태껏 만난 남자들보다 더 나빠. 케이 이 자식, 나를 속여왔던 거야……."

유이코는 삼각 장식대 위의 도자기 인형이 굴러 떨어지기라도 한 것처럼 애가 타서 울고불고 야단이었다.

나는 무슨 말을 해야 좋을지 몰랐다. 다만, 그녀의 이번 연애는 비교적 오래갔다는 생각을 하며, 선반에서 브랜디 병을 꺼내면서 말했다.

"그래서, 얼마나 뜯겼는데요?"

"뭘?"

유이코가 멍한 얼굴로 올려다보았다.

"돈 말이에요."

"어머, 아니야…… 속아서 돈이라도 뜯겼다면 괜찮게? 언젠가 신문에서 본, 노처녀 등쳐먹으려고 결혼 사기를 친 비열한 뻐드렁니 녀석처럼 말이야. 아니면, 뻔뻔스러운 조니처럼……. 그랬다면 돈이 목적이었던 거라고, 단념할 수도 있을 거야!"

"뭐야, 돈 뜯긴 거 아니었어요? 그럼 된 거 아닌가?"

유이코는 날카롭게 소리치며 내게 방석을 집어던졌다.

"바보! 히로시 이 멍청이! 여자에게 있어서, 더 중요한 것을 빼앗겼단 말이야!"

"정조 말이에요?" 나는 웃지 않을 수 없었다. "대체, 그놈의 정조는 몇 개가 돼야 성이 찰는지……."

"그러는 너야말로 아무짝에도 쓸모없는 팔푼이 아냐? 그게 아니야! 마음이라고! 그 녀석은 내 진심을 훔쳐 도망친 거라고……."

유이코는 창자를 토해낼 듯이 꺼이꺼이 울어댔다.

나는 브랜디를 홀짝이며, 그녀의 육중한 엉덩이 아래에서 힘겹게 편지를 잡아 뺐다. 그녀가 꾸깃꾸깃 틀어쥐고 있어서 일찌감치 케이의 편지임을 알았다. 한 묶음에 30엔 정도 되는 흔해빠진 편지지에 심하게 오른쪽으로 치우쳐 내린 글자가 빽빽이 나열되어 있었다.

나는 당신에게 나 자신을 10분의1 정도밖에 드러내지 않았습니다. 스스로 거짓투성이의 두꺼운 벽을 바른 채 살아가는 습관을 만들고 있었죠. 하지만 이제 더 이상 거짓된 생활을 지속해 나갈 수 없을 것 같아요. 나는 당신에게 모든 것을 숨김없이 고백해야 합니다. 그래야만 할 것 같습니다. 진실하게 살기 위해서.

나는 두세 줄만 읽고도 짐작할 수 있었다. 케이라고 하는 남자는 적당히 교육도 받고 책도 읽었지만 항상 그것을 무거운 짐으로 느끼고 있었다는 것, 그 이유는 아무래도 그의 직업(아마도 그가 임의로 선택한 것이 아닌)과 무관하지 않다는 것, 거기에 그가 보인 겁쟁이 같으면서도 오만한 태도의 원인이 있을지 모른다는 것을.

　나는 겁이 나면서도 계속 속이며 살 수 있을 거라 믿었습니다. 하지만, 한 여성이 나의 이런 생활 태도가 잘못되었음을 분명하게 지적해 주었습니다. 언젠가 이야기한 적이 있는 실존주의자 여자 친구, 그녀는 나의 오랜 연인이었습니다. 당신에게 용서받을 수 없는 일이지만, 나와 그녀는 의견 차이로 한 번 헤어진 뒤에, 둘 다 아직 서로 사랑하고 있다는 것을 인정하지 않을 수 없었습니다. 그 때문에 나는 당신과 헤어지려고 했습니다. 그러나 약해 빠진 나는 의지를 관철할 수 없었고, 다시 어름어름하다 당신과 깊이 빠져버리게 된 겁니다. 그리하여 나는 입에서 나오는 대로 지껄이고 될 대로 되라는 식의 생활을 계속하였고, 그 허위의 괴로움이 나를 압도하기에 이르렀습니다. 게다가, 당신에게는 괴로운 일이지만, 그녀가 내

아이를 갖게 되었고, 어떡해서든 아이를 낳겠다는 의지를 내게 표명했습니다. 당신은 이미 나에 대한 증오를 숨길 수 없을 테고, 나도 도망갈 길을 찾지 않으면 안 될 것 같습니다. 나는 당신을 사랑한 적이 없습니다. 그렇다면 왜 마음에도 없는 거짓말을 했는가, 라고 한다면, 당신에게는 잔혹한 말이지만, 나는 당신을 그저 가볍게 놀 수 있는 여자들 중 하나라고 착각했던 겁니다. 그것이 순전히 나의 경솔한 판단 때문이라고 다그치진 말아주었으면 합니다. 당신과 나는, 도심 한복판의 공중전화 박스에서 처음 만났습니다. 나는 그때 절교하자는 그녀의 말을 듣고 전화박스 안에서 눈물을 흘리고 있었죠. 그 자리에 아무것도 모르는 당신이 문을 열고 뛰어들었고, 화들짝 놀라 문을 닫고는 2분쯤 있다가 다시 문을 열었습니다. 어디 아프냐고 물어봐 주었죠. 그 모습이 무척 상냥하게 느껴져 나는 당신에게 호의를 갖지 않을 수 없었습니다. 한 달 후, 우리는 사귀는 사이가 되어 있었습니다. 당신의 친절과 상냥함은 진짜였지만, 나는 아무래도 그런 손쉬운 만남을 믿을 수 없고, 당신의 '문화적인' (강조 표시는 내가 했습니다) 생활은 내게 어울리지 않는다는 느낌을 떨쳐버릴 수 없습니다. 그에 비해, 그녀는 동네의 작은 공장에서 일하는 노동자입니다. 나와 그녀는 둘 다 당원으로 학습 모임에서 알게 되었지요. 우리는 몇 년 넘게 서로를 알기 위해 노력해온 사이입니다. 나와 그녀야말로, 새로운 삶의 에너지를 창출하여 당과 조합과 서클 활동을 통해 미래 사회를 변혁하고, 반동세력의 기만과 압제를 뒤엎어 갈 수 있다고 믿고 있습니다. 나는 그녀를 선택해야 한다고 생각했습니다. 장래를 맹세해야 할 남자와 여자는, 손쉽게 맺어진 사람이어서는 안 된다고 깨달은 것입니다. 당신은 훌륭한 사람입니다. 나는 당신을, 상냥하고 재능 있는 여성으로서 존경하지만, 아무래도 당신을 사랑할 수는 없었습니다. 나 또한, 이 고백의 상처를 씻어버리고 재출발하고 싶습니다. 안녕히 계십시오. 나는 거짓말쟁이였습니다. 나는 이제, 그 아파트로 되돌아가지 않습니다. 나를 찾지 말아주십시오.

케이

나는 이 장문의 편지를 읽고 심한 피로를 느꼈다. 안정피로(眼精疲勞)구나, 하며 잠시 눈을 꾹 누르고 있었다. 그리고 나서 술을 한 모금 홀짝였다.

"히로시……." 유이코는 여전히 애타게 울고 있었다.

"공중전화 박스에서 알게 된 게 왜 나쁜데! 술 창고에서 자든, 화장실에서 키스를 하든, 그런 것들이 사랑의 본질과 무슨 상관이 있느냐고! 나 창피해. 케이한테 다른 여자가 있다는 걸 알아채지 못했다니, 글쟁이로서 부끄러워해야 마땅해……."

그녀는 울면서 편지를 잡아 찢었다.

"케이 이 거짓말쟁이! 나쁜 놈! 변변찮은 자식……. 아아, 히로시, 나 정말로 케이를 사랑했어. 뭐 이런 더러운 놈이 다 있느냐고. 공중전화 박스에서 만났다고 해서, 어떻게 손쉬운 사랑이라고 단정 짓느냐 말이야!"

나는 동의했다. 그리고 문장 속의 '문화적'이란 말도 이상하다고 했다. 나도 유이코와 같은 일을 하지만, 사실 방송 작가란 문화적인 것과는 거리가 있다. 급료는 대략 동네 공장의 임시공 정도이고, 거기에 비해 노동량은 과중하다. 원고료를 올리려면 역시 글쟁이들도 단결이 필요하다.

"바보! 뭐가 단결이야!"

유이코는 내 책장에서 『레닌 선집』『사적유물론의 어쩌고……』 등을 빼내어 차례차례 내던졌다. 나는 낭패감에 팔로 머리를 감싸 안았다.

"거짓말쟁이! 뭐가 새로운 삶의 에너지야, 뭐가 미래 사회의 변혁이냐고……."

유리 재떨이에 『우리 당의 빛나는 40년』이 날아들고, 커피 잔에 부딪쳐서 사방으로 파편이 튀었다.

"야비해, 야비해, 야비해……. 왜, 거짓말로 나를 속이냐고. 뭐가 혁명이야? 뭐가 민중의 편이냐고!"

유이코는 주먹으로 방 기둥과 장의자를 쳤다.

"뭐가 약한 자의 편이야, 뭐가 학대받는 사람들 편이냐고! 어? 뭐야, 이 아니꼬운 편지는. 왜 도망쳐? 왜 도망치는데? 어째서, 내 앞에 와서 당당하게 사과하지 않는 건데……." 그녀는 도저히 멈출 태세가 아니었다. "반동세력의 기만과 압제를 뒤엎기 위해서라면, 여자를 속여도 되는 거야?" 그녀의 뺨이 달아오르고, 두 눈은 번뜩이고, 머리채는 뒤로 굽이쳐 후광처럼 곤두섰다. 그리고 깊은 통곡이 찾아왔다.

나의 '자갈처럼 차가운' 마음에 희미한 연민의 물결이 밀려들었다. 그녀는 스스로 알아차리지 못할 만큼 깊이 상처 입은 건 아닐까? 이 바보 같은 30대 여자의 작고 한심한 머릿속을 누가 알까? 그건 그렇고, 한 장의 편지로 이별할 수 있다고 생각하는 케이의 간편한 사고방식이라니……. 하지만 나는 그의 편지를 읽고 비로소 사건의 전모가 떠올랐다. 어린애들이 정월에 하는 후쿠와라이 게임(얼굴 윤곽을 그린 종이 위에 눈을 가리고 눈썹, 눈, 코, 입, 귀 모양으로 오린 종이를 갖다 놓는 놀이. 감에 의존하여 하기 때문에 완성품이 우스운 얼굴 모양이 되는 데에 재미가 있다-옮긴이)처럼, 뿔뿔이 흩어져 있던 눈이며 눈썹이며 코며 입이 이 편지로 인해 있어야 할 자리에 딱딱 맞아 들어간 것이다. 나는 케이를 이해할 수 있었다.

하지만, 그렇더라도…… 아아, 그렇다 치더라도, 이건 케이의 역전승이었다. 이 얼마나 멋진 한판승이란 말인가. 뭐라 말할 수 없는 걸작 중의 걸작이었다.

"아, 정말 탄복했어……."

나는 브랜디를 한 모금 마시고, 진심으로 감동하여 외쳤다.

"히야, 그런 방법이 있었다니. 케이 녀석, 『당원 필휴』를 역이용하다니 말이야."

"바보, 감탄하고 있을 때가 아니야. 나, 창피해, 창피하다고, 히로시."

그녀는 코를 풀고, 눈물을 닦으려고 했다. 그렇지만, 닦아도 닦아도 눈물은 계속해서 흘러나왔다.

"나, 케이가 그런 생각을 하고 있는 줄도 모르고 그의 팔에 안겼어. 내가 속다니……. 그런 순진한 얼굴을 하고, 잘도 속였겠다."

"속은 사람이 바보지."

나는 왜 그런지 너무 우스워서 배가 아플 정도였다.

"미처 깨닫지 못한 나도 나지만, 당신도 이제 늙었나 보네?"

하지만, 나에게도 한 조각 자비심은 있었다.

"모리 씨……."

나는 그녀 옆에 앉았다. 그녀의 몸에서 여자 냄새가 훅 풍겼다. 불쾌하진 않았지만, 외면하고 싶어질 만한 냄새임에는 틀림없었다.

"뭣도 아니잖아요…… 이런 일. 당신 취향이 조금 별나다 보니, 별 볼일 없는 남자한테 걸려서 여자로서의 위신이 좀 깎인 것뿐인데. 그걸 갖고 야단스럽게 말할 사람이 어디 있다고 그래요, 바보같이."

나는 그 어떤 분위기에서도 바로 냉혹한 비속의 물을 끼얹어 열기를 식혀버리는, 오사카 말투의 조소적인 명쾌함을 좋아했다.

"그래, 흔히 있는 이야기잖아요? 연상녀가 연하남에게

몰두하다 버림받다."

그녀는 눈살을 찌푸리고는, 애처롭게 울고 웃었다.

"나, 지금 와서 막연하게 알았어. 케이가 나를 사랑하지 않았다는 것……. 히로시, 케이에게 답장 써도 괜찮을까? 이제 더 이상 당신 생각은 하지 않는다, 해방시켜 주겠다고……."

그녀의 눈에 다시 새로운 눈물이 솟고, 속눈썹이 촉촉하게 젖었다. 나는 그녀의 소녀 취향, 자기 연민에 빠져들기 쉬운 점이 그녀가 가진 불행의 원흉이지만, 일면 최선의 치료이기도 하다는 생각이 들어서 잠자코 있었다.

"히로시, 이렇게 쓰고 싶어. 나는 케이 당신을 열렬히 미련 없이 사랑하고 또 미워해버렸기 때문에, 배신당했다고 해서 생애의 일부를 낭비했다는 생각은 절대 안 해요……. 이런 시 알아요?"

그녀는 쓰다 망친 내 원고를 한 장 집어 들더니 코를 팽 풀고 나서 쉰 목소리로 말했다.

"두 사람을 시간이 갈라놓고부터, 날들은 아무 일 없는 듯 지나네……. 기쁨도 없고 슬퍼하지도 않아. 또한 누구를 원망하리……."

그녀는 노랑가오리의 지느러미처럼 퍼진 묘한 드레스

자락을 팔랑거리면서 방을 비스듬히 가로지르는가 싶더니, 윗미닫이틀을 향해 위협하듯 팔을 치켜들었다.

"그러나 땅거미 내려앉아 별빛 흔들릴 때…… 몸져누운 아이처럼, 마음 조용히 신음하누나……. 나는 언젠가 이 시의 의미를 진정으로 이해하게 되겠지요. 이 시의 아픔은 평생, 내 마음에서 사라지지 않을 테지요."

이때 터져 나오는 웃음을 참아낼 힘이 나의 시시한 몸 어딘가에 숨겨져 있었는지, 지금 생각해도 신기할 따름이다.

"히로시, 이렇게 쓰면 안 될까? 케이, 당신이 가장 사랑하는 사람 곁으로 가요. 그리고 나는 어서 잊길 바라요. 내가 나열한 사랑의 말들……, 이성적으로는 당신이 나를 사랑하지 않는다는 걸 알아차리고도, 30대 여성으로서의 지성과 분별을 갖추고 있으면서도, 당신의 상냥한 말들에, 혹시……? 하고 약한 마음에 속아 무심결에 뱉어낸 수많은 말. 사랑의 진실은, 그때 그렇게 말한 내 마음에만 있었던 거예요. 그러니 하루빨리 잊고……."

"아직 멀었어요?" 나도 모르게 묻고 말았다.

"바보 같으니! 이제부터가 중요한 결론이라고. 안녕. 이제 더 이상 만날 일도 없겠죠……. 이 편지를 당신은 끝까지 읽어줄까요. 다시 한 번 말할게요. 당신의 귓가에 속삭여 주겠어요. 당신을 미워하지 않아요. 당신을 용서해…… 그래, 나, 더 이상, 케이를 미워하지 않아. 나쁜 건, 바보 같은 건 나였으니까. 나 같은 걸, 진정으로 사랑해줄 사람이 있을 리 없어. 사랑받은 적도, 진심으로 신뢰받은 적도 없어."

그녀는 방 한가운데에 우뚝 선 채, 옷 어딘가에서 커다란 당근 색 손수건(이 상황에서는 부끄러울 만큼 화려했다)을 잡아 빼더니 오열하면서 눈물을 닦았다.

"아, 히로시, 나는 남들에게 바보 취급당하도록 생겨 먹었나 봐. 나는 남에게 창피 주는 일은 못해. 남들로부터 창피를 당하도록 생겨 먹은 거야. 나는 이제, 인간쓰레기인 거야, 히로시."

"인간쓰레기?"

"그래, 언젠가 너한테 쓰레기라고 말했지만, 나야말로 쓰레기, 바보, 멍청이로 사람들에게 경멸당하도록 생겨 먹은 거야. 조니 리가 그렇게 되기까지, 나, 사실은 자주 돈을 줬어……. 그런데, 조니가 어느 날 아침에 그러는 거야. 나, 좀 더 마르고 날씬한 어린 여자를 안고 싶어. 피리 부는 소년 같은 여자 아이 말이야. 그길로 안녕이었어. 뭐가 피리 부는 소년이냐고." 유이코는 씁쓸하게 웃었다. "케이도 그래. 어떻게 그리 나쁜 짓을 할 수 있는지. 케이는 더 빨리 말해야 했어, 나를 사랑하지 않는다고…… 당원도 여자쯤은 속일 수 있다고……."

그녀는 웅크리고 앉았다.

나는 그때, 무딘 고통을 안고 살아가려면 위엄이라는 것이 필요하다는 걸 배운 기분이었다. 그녀를 안아 일으켰지만, 부드럽게 살찐 몸이 마치 나방처럼 느껴졌다.

"아, 히로시, 나를 혼자 두지 말아줘. ……무서워. 나 사실은, 요 사나흘 동안 수면제를 갖고 다녔어. 하지만, 역시 죽을 수 없었어."

"모리 씨."

"가방 안에 몇 상자나 있어. 빨갛고 파랗고 노란 홀쭉한 종이 상자야. 혼자 있으면, 그걸 죄 털어 먹어버릴 거야." 그녀는 조용히 울었다. "나, 더 이상 살고 싶지 않아. 히로시, 사람은 무엇을 위해서 사는 걸까? 서로 사랑하기 위해서 사는 것 아니야? 혈연관계가 없는 남남끼리, 그래서 더욱 서로 사랑하기 위해서 사는 거 아니냐고. 응? 그렇지 않으면, 왜 사는데? 이렇게 사람들한테 바보 취급당하기 위해서? 이토록 괴로워하기 위해서? 응?"

이어서 그녀는 음습한 울음, 언제까지고 계속되는 소리 죽인 울음, 마음을 쥐어뜯는 듯한 울음, 불 꺼진 방에서 흐느껴 우는 고아의 울음을 울었다.

내 마음 역시 움직이지 않을 수 없었다. 그녀가 이렇게 된 데에는 작전참모 격인 내 책임도 있고, 그녀를 결혼시켜 안정을 주고 싶은 우정이 내게 있다는 것을 발견하게 되었다. 그럼에도 머리 한구석에서는, 그녀 입으로 쇼와(히로히토 일왕 시대의 연호. 1926~1989-옮긴이) 태생이라고 말하고 있지만 실은 다이쇼(요시히토 일왕 시대의 연호. 1912~1926-옮긴이) 태생이 아닐까 하는 생각이 번쩍 들었다. 적어도 그런 생각이 들게 만드는 클래식한 기호가 그녀에게는 있었다.

"케이한테 편지 같은 거 보내지 마요."

나는 부엌의 냉장고를 열면서 말했다.

"왜?"

"쓰더라도 두세 달 마음을 추스르고 나서 써요, 모리 씨……. 그런 생짜 편지는 쓰는 게 아니라니까."

나는 양손 가득 달걀과 햄을 안아들고 냉장고 문을 발로 차서 닫았다.

"나중에 생각하면 너무 창피해서 눈앞이 다 아찔할 걸

요? 이번에는 그런 편지를 읽었다는 것만으로 당신은 케이를 미워하고, 또 일생 케이 앞에서 얼굴을 들지 못할 것 같은 기분이 들 테니까요."

"앗, 그거야말로 내가 제일 싫어하는 지적 스노비즘(고상한 체하는 속물근성-옮긴이)이야!" 그녀가 발끈하여 소리쳤다. "뭐야, 너는 평생 은박 접시 위에 올라앉아 셀로판지에 곱게 싸여 있다 천국으로 직행하고 싶은 거야? 창피한 일, 쑥스러운 일 좀 하는 게 그렇게 겁나? 어딜 찔러도 약점 하나 드러나지 않는 인간이 그리 대단해? 바보! 인생이란 건 두세 달 뒤에는 이미 인생이 아닌 거야. 지금 이 순간만이 인간의 인생이라고!"

"너무 화내지 마요, 모리 씨."

"멍청한 돼지 새끼, 너도 케이랑 똑같아. 남자들이란 하나같이 진심으로 인생을 살지 않는구나. 겉만 뻔드레한 인간, 종이 인형, 남자 깡통일 뿐이야. 기분 나쁜 유리 의안을 끼고서…… 플라스틱 손을 갖고 있지. 그저 당치 않은 이유만을 늘어놓기 위해 산다니까? 난 달라. 난 살아가는 거야. 내가 살아 있는 생생한 인간이란 것을, 어째서 케이랑 너는 몰라주냐고."

이 기나긴 탄핵 연설이 이어지는 동안 나는 토스트를

굽고 베이컨 에그를 만들었다. 그런 다음 큼직한 네모난 쟁반에 얹어 갓 우려낸 홍차와 함께 그녀 앞에 가져갔다.

"들어요. 아침부터 아무것도 안 먹었을 텐데."

그녀는 칙칙한 복숭아색 매니큐어를 바른 손가락으로 순순히 받아들었으나, 와들와들 떠는 바람에 홍차를 흘렸다.

나는 작업 공간의 라디오를 켰다. '살인 청부업자의 미소'가 또 흘러나왔다. 우리의 공통 친구가 디스크자키를 맡고 있었다. 비교적 재기 있는 참신한 유머…… 오케이, 70점! 나는 평소 버릇대로 듣자마자 점수를 매겼다. 라디오를 탁 끄고 돌아보니, 유이코는 눈앞의 음식을 싹 비운 후였다.

"기운이 좀 나요?"

"너무 맛있었어. 고마워 히로시."

그녀는 꽃무늬 접시를 포개고, 내가 내민 손수건으로 입술을 닦았다.

"그건 그렇고……."

그녀는 내가 켜준 성냥에 얼굴을 가져오며 진지하게 말했다.

"너, 나를 경멸하고 있지……?"

이 말은 드디어 그녀가 안정을 되찾았다는 것을 의미했다. 왜냐면, 발상이 객관적이 되었기 때문이다.

"아뇨. 하지만 기분 나쁜 소리 안 할 테니, 남자랑 노는 건 이쯤에서 그만두는 게 어때요?"

"아아, 히로시…… 너 같은 어린애는 모를 거야."

그녀는 담배 연기의 행방을 좇으며 입술을 O자 모양으로 벌리고 멍한 어조로 말했다.

"청춘이란 돈과 같은 거야. 얼마 남지 않았다고 생각되면 마구 쓰고 싶어지는 법이지."

그리고 그녀는 거리낌 없이 내 손목을 잡았는데, 그건 시간을 보기 위해서였다.

"몇 시?"

"열두 시."

"낮?" 하고 그녀는 종잡을 수 없는 말을 했다.

"바보, 밤이에요. 거기서 자도 돼요."

"넌?"

"음, 난 일해야지. 어차피 아침까지 할 거니까. 교대로 자요."

"너, 친절하구나. 히로시…… 나, 이렇게 바보 같은 여자인데……."

"무슨 말이 하고 싶은 거예요?"

"아냐, ……나, 기분 나쁘지 않은 친절을 비로소 알게 된 것 같아. 나, 너를 친구로 둬서 너무 기뻐."

"어쩐다. 나중에 숙박료 청구서, 돌릴게요."

"그래, 얼마든지, 얼마든지……."

유이코는 웃었다. 싱글벙글 웃는 그 얼굴은 내가 좋아하는 모습으로 무척 귀여웠다.

"엄청 비싸게 받아도 돼."

아무튼 드디어 그녀를 웃게 만들었다.

"잘 자요." 내 말이 끝나도 유이코는 예의 가로 줄무늬 커튼을 칠 생각을 하지 않았다.

"앗, 도무지 잠이 올 것 같지 않아, 히로시…… 정신이 말똥말똥할 뿐이야."

그녀는 이불 위에 앉은 채로 폴짝 뛰어오르며 휙 돌아앉기를 반복했다.

"마츠짱보다 잘하지?"

그리고 핫핫핫! 하고 웃었다. 만담 배우인 쇼후쿠테이 마츠노스케를 흉내 내는 거였다.

"히로시…… 이리 와서 말동무해줘."

"일, 일. 남의 장사 방해 말아줬음 합니다."

그녀는 추워졌는지 벽장에서 나의 자주색 스웨터를 꺼내 걸치고 여기저기 물색하며 걸어 다니는 눈치였다. 그러더니 열심히 쓰고 있는 내 등 뒤에서 방송장이들이 흥얼거리는 유행가를 부르고 있었다.

"귀여운 연기자는 돈이 없어, 잘 나가는 프로듀서는 여유가 없어…… 아, 다 글렀어 다 글렀어……."

그러고 나서 한동안 잠잠해지는가 싶더니 갑자기 얄궂은 목소리로 외쳤다.

"어머, 히로시. 너, 왜 일기장에 자물쇠를 채웠어?"

"그건 또 어떻게 알았어요?"

그럴 생각은 아니었는데 내 말이 비꼬는 것처럼 들렸던 모양이었다. 그녀는 부루퉁한 얼굴로 '살인 청부업자의 미소'를 흥얼거리기 시작했다. 그녀의 이상한 신바람에는 뭔가 사람의 마음을 울리는 가련함이 묻어나 있었다. 아마, 자기 스스로도 얼마만큼 깨지고 다쳤는지 가늠할 길 없는 마음의 상처 때문에.

나는 그녀의 원고를 손봐준 후 보여주었다.

"어머, 친절도 하지."

그녀는 내게 넘칠 듯이 노골적인 시선을 던졌다.

"정말 너, 좋은 사람이구나!"

그러고 나서 잠시 침묵하다 불쑥 기분 좋아 보이는 미소를 지었다.

"너, 왜 그리 다정한 건데? 아냐, 나 지금 뭔가 영감이 떠올랐는데…… 우리, 지금까지 굉장히 친하게 지내왔어, 그렇지?"

"뭐 그렇죠."

나는 조심하며 그 이상의 대답을 삼갔다.

"그래서 말인데……." 유이코는 애가 탄다는 듯이 말했다. "바보 같은 히로시, 친하면 결혼하지 말라는 법이라도 있어? 그래, 맞아, 결혼해버리자!"

"누가 누구랑?"

내가 물었다.

"너랑 나지 물론."

유이코는 의지를 불태웠다.

"미안해요."

나는 손을 뻗어 담배에 불을 붙였다.

"사양합니다."

유이코는 찰싹 얻어맞은 사람처럼 움츠러들었다. 그 싱거운 통방울눈이 경악으로 인해 빙글빙글 돌았다.

"그럼 왜, 너는 나한테 이것저것 잘해주는데?" 하고 소리쳤다.

"하지만, 남자가 여자에게 친절한 건 당연한 일 아닌가요?"

나는 케이의 말투를 흉내 내어 말했다. 유이코의 자그마한 뇌가 혼란을 일으키며 갈기갈기 찢겨나가는 모습이 상상되었다.

"그럼 너, 평생 결혼 안 할 작정이야? 그러니까, 내가 아니어도 다른 여자랑 말이야."

"되도록이면 그러고 싶어요. 마누라 같은 건 부담스러워서."

"어쩜. 남자로서 독신을 고수하다니, 존경스러운걸? 히로시……."

유이코는 드디어 한 가지 결론에 도달한 듯 얼굴에 환한 빛이 감돌았다.

"그래, 나 아직 케이의 영향에서 벗어나지 못하고 있었어. 결혼 같은 건 어리석은 제도야."

그녀는 자포자기한 기색으로 코 평수를 있는 대로 넓혀가며 깔깔깔 웃어댔다. 어쩐지 천박하기 짝이 없는 추한 얼굴이었다.

"그럼 히로시. 너 나를 사. 나 너랑 연대감을 갖고 싶어. 하룻밤이면 돼······. 응? 싸게 쳐줘도 돼."

"그것도 곤란한데요." 나는 미소 지었다.

"나는 아무하고나 자는 값싼 여자한테는 손을 대지 않는 주의라서······."

내 딴엔 애교 있는 익살이랍시고 한 말이었다. "게다가 모리 씨한테는 무서운 정부(情夫)가 딸려 있을지도 모르고, 어쩌면 말도 안 되는 병을 갖고 있을지도······."

"비열한 자식!"

"당신은 의외로 입이 거친 숙녀군요. 내 말은 나나 당신이나 문화인이므로, 문화인답게 행동하지 않으면 안 된다, 그 말이죠."

그러자 유이코는 다짜고짜 책상 위의 펜접시를 집어 내게 던졌다.

"꼴도 보기 싫어!"

그녀는 가슴에 화가 차올라 침묵했다. 입술을 일그러뜨린 채 증오 가득한 눈으로 나를 노려보았다.

"나쁜 놈······!"

다시 침묵. 나는 그때서야 그녀의 분노가 얼마나 뿌리 깊은지, 나의 무심한 농담의 가시가 그녀의 마음 깊은 곳을 얼마나 무참하게 찔렀는지 알 수 있었다.

"넌 케이보다 더 형편없어. 저속한 냉혈 동물. 창피당하고 상처 입는 것이 두려운 것뿐이야! 그래서 항상 멀리서 히쭉거리며 보고 있는 거라고. 무서운 거야. 겁쟁이인 거야. 고작 그 이유로 나를 비웃는 거라고. 너, 나를 바보 취급하고 있겠지? 속으로 비웃고 있으면서 친절한 것처럼 구는 거야. 조니가 언젠가 말한, 굶주린 토끼 그거랑 꼭 닮았어. 아하하하하! 토끼 입술이라서, 넌 그걸 지적당하는 게 싫어서 아무 데도 관여하지 않는 거야."

나는 눈과 눈 사이가 먼 그녀의 갈색 눈동자에 조롱의 빛이 스쳤다 사라지는 것을 보았다. 그녀 또는 그녀로 대표되는 싸구려 지식인의 잘난 척, 싸구려 재녀의 역겨움과 저속함(어제오늘 시작된 건 아니지만)에 울컥 화가 치밀었다. 아하하하하하하……. 유이코는 온 얼굴이 풀어지다 못해 밋밋해 보일 때까지 실없는 비웃음을 반복했다. 눈물 콧물로 얼룩진 얼굴도 보기 흉하고, 당장 흘러내릴 듯이 흔들리는 왕가슴도 징그러웠다. 포대 같은 속바지에 싸여 있을 게 틀림없는 거대한 허벅지도 허연 상어 배가 연상되어 기분 나빴다. 아하하하하하하…….

"토, 끼, 입, 술……."

나는 돌아서기 무섭게 유이코의 광대뼈를 힘껏 후려갈

겼다. 그녀는 비명을 지르며 창가로 나가떨어졌고, 방금 죽은 시체처럼 축 늘어져 끙끙거렸다.

"으……."

어쩐지 짐승 같은 소리를 높이며 그녀는 다다미에 침을 뱉었다. 뺨 안쪽이 찢어졌는지 피가 섞인 침이 지저분하게 턱밑으로 늘어졌다.

"나도, 여자 정도는 때릴 수 있다고……."

내가 말했다. 뒤이어 주먹도 얼얼하고 헐떡임이 아직 가시지 않은 것으로 보아 제법 위력 있는 일격이었음을 알았다.

6

가로 줄무늬 커튼 뒤에서 유이코는 오랫동안 숨을 죽이고 있었다. 그러다 뭔가 바스락바스락하는 소리가 들려 나는 가슴이 철렁했다. 빨갛고 파랗고 노란 홀쭉한 종이 상자를 하나하나 정성껏 펼치고 있는 상상이 내 머릿속에서 도무지 떠날 줄을 몰랐다. 그녀가 부엌으로 이어지는 문을 열었다. 콸콸 흐르는 물소리. 잠시 머물렀다 다시 커튼 뒤로 들어가는 기척이 났다. 나는 나를 괴롭히는 상상에 대해서인지 아니면 유이코에 대해서인지 아무튼 마구 화가 났다. 울컥하여 커튼을 잡아 찢을 듯이 몰아붙이고 뛰어들었다.

"어이, 모리 씨!"

어럽쇼?

저 장한 근성이라니.

그녀는 이불 위에 모로 앉아 나의 정리함을 누여놓고 원고를 쓰고 있었다. 그녀의 왼쪽 뺨은 볼거리를 앓는 사람처럼 부풀어 오르고 눈가에는 기미가 껴 있었지만, 느긋한 표정, 늘 그렇듯이 눈과 눈 사이가 먼 어린아이 같은 표정을 되찾고 있었다.

"어머, 왜 그래, 히로시?" 하고 평소 목소리로 물었다. 그녀는 주위에 원고 용지를 잔뜩 어질러 놓은 채 나를 올려다보며 웃었다. 어쩐지 깔보는 듯한 웃음이었다. 그녀가 펜을 내려놓으며 말했다.

"너…… 나랑 자고 싶니?"

그 순간, 내 마음 속에는 마치 젊은 신이 긴 잠에서 깨어나 번쩍 눈을 뜬 것처럼 새하얀 페이지가 확 펼쳐졌다. 틀림없이 그렇다는 생각에 급히 다른 페이지를 넘겨보았더니, 이번에는 원래 페이지가 어디였는지 기억나지 않았다. 그녀는 여전히 깔보는 듯 놀리는 듯 아름다운 미소를 띤 채 고개를 끄덕이면서 곁눈질했다.

"자고 싶지?"

나는 말없이 눈을 돌렸다. 유이코는 집요했다.

"자고 싶지 않아? 응? 히로시……."

"……자고 싶어."

나는 바보처럼 국어책을 읽듯이 복창했다. 그리고 어색하게 그녀의 몸에 손을 댔다.

"어머나……."

그녀는 웃음을 터뜨렸다.

"잠깐만 기다려, 한 장 더 쓸 거니까……. 남자들이란."

그녀는 만족한 듯 의기양양한 얼굴이었다. "정말이지" 하면서 그녀는 원고를 한 장 짝짝 찢어 없앴다. "기다릴 짬이 없지……. 라 라라 라라……"('살인 청부업자의 미소' 의 멜로디) 하고 흥얼거리며 들떠 있었다. 불그레한 얼굴을 좌우로 움직였다.

나는 그녀의 입술에 키스했다. 불과 1초 남짓. 그것은 서투르고 거칠고, 시간에 쫓겨 스튜디오 한구석에서 대본을 써내려가고 있을 때와 같이 단내 나도록 긴박한 순간, 기분 나쁘도록 초조하고 음울한 순간, 어떻게든 그 순간을 회피하고 싶다고 기도하건만 강제로 그 앞에 코끝을 밀어붙이는 신들의 악의를 느끼는 악몽 같은 한순간. 그런 시간이었다. 입술을 뗀 순간, 나도 그녀도 놀라고 있었다.

"어때요, 좋았죠?"

나는 직업소개소 대기실에서 이름이 불려 허겁지겁 일어서는 구직자처럼 기쁨의 미소를 지을 생각이었다. 그러나 그 마음에도 없는 미소는 뺨을 얼어붙게 만들고 말았다. 유이코는 나보다 솔직했다. (그것이 아마도 그녀에게 불행을 가져다준 미덕의 하나임에 틀림없었지만.)

　"있잖아."

　그녀는 슬픈 기색으로 망설였다.

　"케이 때만큼은 아니야, 히로시. 용서해줘. 왜 그런지…… 달아오르질 않아. 냉정해, 너무 냉정해."

　그녀에게는 조숙한 여학생 혹은 자신도 모르는 사이에 천진난만한 말투를 구사하는 노처녀 같은 음흉스러운 취미가 있었다.

　"안 돼. 우린, 사랑하지 않아. 이건 눈속임에 지나지 않아. 난 히로시를 사랑하지 않고, 너도 날 경멸하고 있잖아?"

　이 첫새벽, 애처로운 형광등 불빛 아래에서 듣는 경멸이란 말이 내게는 신선하게 와 닿았다. 그건 진실이기 때문이었다.

　"이런 건 거짓이야. 올바르지 못한 길이야. 아아, 우리, 그거 하지 말자, 히로시. 그렇지 않으면, 상처를 묻으려다 오히려 더 깊은 상처를 안게 될 뿐이야. 지금에서야 깨달았어. 내가 얼마나 케이를 사랑했는지……."

하지만 나는 그녀 옷의 단추를 끄르고, 나로선 이름도 알길 없는 무지개색의 나풀나풀하고 복잡한, 여러 부분을 덮는 속옷(마치 바람 부는 날에 날아 들어온 쓰레기를 죄 갖다 붙인 듯한)을 제거하려고 덤벼들었다. 내 눈에 뭐가 씐 것만 같았다.

"싫어, 히로시."

그녀는 방글거리며 나의 손길에 순순히 몸을 맡겼다. 하얗고 살찐 알몸이 드러나자 이번엔 자진해서 바싹 다가앉더니, 소리 죽인 웃음을 흘리면서 나긋나긋한 손놀림으로 나의 셔츠를 벗기기 시작했다.

그 후 20분 동안은 가벼운 비명과 달콤한 질책과 짧은 한숨과 비밀스러운 키득거림으로 물들어 무척 즐겁게 지나갔다.

벌거숭이로 이부자리를 박차고 나간 유이코는 부엌에서 위스키를 아주 조금 잔에 따라 마치 약처럼 단숨에 들이켰다. 그리고 나서 술병을 맨몸에 끼고 다시 내 옆으로 기어 들어왔다. 멍하니 병나발을 불었다. 나는 싸구려 담배를 피우고 있었는데 혀가 깔깔하고 아릿했다.

"히로시……."

유이코는 깊은 곳에서 끓어오르는 목소리를 어금니로 꽉꽉 깨무는 듯이 분명치 않은 말투로 물었다.

"케이는 왜, 내게 거짓말을 한 거야?"

그 물음에서 여태 뭘 생각했는지 알 수 있었다.

"히로시. 혁명이란 거 말야, 그 혁명이 완성될 때까지는 사람을 아주 많이 상처 입히는 거야, 그렇지?"

그녀의 말은 뒤죽박죽 종잡을 수가 없었다.

"히로시, 말해 봐. 케이는 어째서 나를 아주 조금이라도 사랑하지 않은 거야? 너도 그래, 네가 조금이라도 날 사랑해 주었다면 잘될지도 모르는데…… 이번에는 정말 잘될지도 모르는데……."

아아, 이 여자는 잘못된 문을 열고 들어오는 경솔한 떠돌이 같다고 나는 생각했다. 악의적인 집주인들이 그녀의 혼을 축구공처럼 가지고 노는 것도 무리가 아니지 싶었다. '이번에는, 이번에는, 하고 생각하는 것이 게걸스러운 증거다'라고 일러주자. (이번에는 절대, 라고 여기는 것이 사람의 목숨을 앗아가는 거다.) 하지만 나는 아무 말도 하지 않았다. 그리고 그녀의 앞날을 또렷이 그려보았다. 말 한 마디로 남들의 웃음을 사고, 노리갯감이 되고, 그러다 결국 불행에 빠져 방황하고, 분노로 가득 찬 머리로는 이미 아무 생각도 할 수 없고, 가슴에는 쓰라린 자기 연민의 소금을 가득 담은 채 불행에 지쳐 우는, 종이 무대 위 희미한 조명 아래 서 있는 서글픈 꼭두각시 인형.

"히로시, 너는 남자인데도 속눈썹이 참 길구나. 너의 눈동자, 너의 눈썹, 너의 코, 전부 좋아해. 아름다워. 언젠가 너를 좋아할 여자 아이가 나타나겠지. 나, 너를 좋아하게 될 여자 아이의 마음, 알 것만 같아……. 하지만, 나를 좋아해줄 남자는 없지 싶어."

그녀는 끊어질 듯 끊어질 듯 말을 이었다. 더 이상 울진 않았지만, 숨이 턱에 받쳐 눈물이 나올 새도 없었다.

"당신이 사람들에게 왜 바보 취급당하는지 말해줄까요? 왜 늘 창피당하는 쪽에만 서는 여자인지."

나는 새로운 담배에 불을 붙였다.

"그건 말이죠……."

그녀는 잠자코 이부자리에 얼굴을 묻고 내 말을 기다리고 있었다.

"너무 뚱뚱해서야……."

"바보, 히로시 멍청이. 그럼, 다시는 날 건드리지 말아줘. 멀리서 날 비웃어줘. 모두가 그렇게 하듯이……."

그녀는 이불 밖으로 불쑥 얼굴을 내밀며 메롱! 하고 놀리듯이 웃었다. 그 웃음에서 술에 취했음을 알 수 있었다. 입가가 풀어지고 눈은 금박을 입힌 것처럼 반짝반짝 빛났다. 그리고 다시 파도 사이로 숨어드는 동작 둔한 대어처럼 허연 등을 굼실대며 이불 속을 파고들었다. 땀이 밴 손은 성마르게 팔랑거리고 시트 여기저기를 긁으며 내 몸을 갈구했다.

7

이 일의 시초가 유이코의 전화로 시작되었듯이 우리의 단 하루 동안의 동거는 다시 전화로 끝이 나게 되었다. 그 이튿날 저녁, 유이코는 근처 시장에서 채소와 과일을 사왔다. 그리고 선반 위에서 물통이며 바구니를 찾아내어, 내일 작은 여행을(걷기 위한) 시도해보자고 했다. 어디로? 유이코는 내 책상 위의 잡동사니에 관심을 보였다. 싸구려 질그릇으로 만든 모조 토용…….

"앗, 히로시, 고대 무덤이 있을 만한 곳에 가보자. 혹시 땅을 파면 빗살무늬토기나 동물 뼈가 나올지도 몰라."

순식간에 나는 고대 도시의 자취 위에 세워진 신전과 아름다운 삼림, 신화와 우익의 정치 선전물을 다 갖춘 채 쇠퇴한 K시, 고분과 고고관, 발굴품 따위의 추억을 떠올리며 감상에 빠져들었다. 그리고 정열을 담아 유이코에게 이야기했다. 유이코는 역사에는 어두웠지만 매장 풍습에는 흥미를 갖고 있었다. (그것도 좋아.) 우리, 보러 가는 거야, 고대인의 매장 흔적을. 옥수(玉髓)며 산호로 만든 귀고리와 팔찌 같은 부장품. 녹슨 화살촉, 적토로 빚은 수호신. 게다가 사용법을 알길 없는 악기며 제사 도구. 어렵고 난해하기만 한 고대 왕들의 장황한 계보. 배 모양의 석관(石棺)도 봐야지. 우리로서는 신기하고 이해할 수 없는 것들이 고고관에는 잔뜩 있다……. 그뿐 아니라, 조금 더 나가면 고대 수도인 N시 근교에 여러 절이 있고, 돈을 내면 멋진 비밀 불상도 보여준다. 바싹 마르고 가벼워 불타기 쉬운 고가의 골동품들. 흑장삼을 두르고 시기와 의심의 눈을 빛내며 지키고 선 스님들의 비호 아래 눈을 반쯤 감고 있던 불상. 불상의 봉긋하고 두툼한 코 밑에는 고아한 음란이라고 해도 좋을 만한 아름다운 수염이 치밀하게 소용돌이치며 좌우로 흐르고 있었지. 그게 어느 절의 불상이었더라? 그런가 하면, 눈이 번쩍 뜨일 만한 법륭사의 인상. 어딘지 모르게 매진 딱지가 붙은 채로 깔끔하게 진열된 세공물 같은 인상, 선명한 연어색을 입힌 회랑과 창살 유리창이 마치 제일(祭日)을 맞은 소녀들의 나들이옷 소맷부리처럼 밀치락달치락 늘어서 있던 그 인상.

마침내 우리는 열중한 나머지, 왼쪽 눈에 다래끼가 난 한 친구의 쿠페를 빌려 하나 도로에서 넘어가자는 계획을 세웠다. 그 도로를 따라 굽이굽이 올라가노라면 오사카 거리가 한눈에 내려다보인다. 살짝 엿본 대도시의 흐트러진 모습, 강과 염수호의 빛나는 수면을 도처에 아로새기며 유독가스 같은 정적을 안고 바닷가까지 방자하게 흘러 요염하게 눈감은 그 모습은 일종의 반짝임 혹은 설렘으로 다가왔다. 해 질 녘, 끝없이 드넓은 하늘 아래 펼쳐진 대도시는 왠지 마음을 흔드는 인상이었다. 나는 그때의 감동을 기억하고 있었다. 우리는 푹 빠져들었다.

둘이서 유이코가 손수 만든 (비교적 맛있는) 크림수프를 먹고 있던 그때, 전화가 걸려왔다. Q방송이었다. 나는 그 순간 〈탈선 부인〉과 〈촌스케의 엉터리 수행〉의 세계로 되돌아왔다.

전화를 끊자마자 나는 산더미처럼 벗어놓은 우리의 옷가지 중에서 바지를 찾아내어 입었다.

"Q방송?"

그녀가 물었다.

"응, 좋은 건수, 좋은 건수……. 나 나가는데, 더 있을 거면 열쇠 두고 갈게요."

"아냐, 나도 돌아가야지. 이제 끝났는걸…… 이도 저도 다. 이야기 끝. 좋났어."

그녀는 손가락을 벌려 덧없이 눈에 보이지 않는 것을 건지는 듯한 시늉을 했다. 그런데 그것은 어딘지 묘하게 실감 나는 몸짓이었다. 그녀가 내 손을 붙들며 세차게 말했다.

"여행은 연기지? 히로시."

"무기한 연기."

"아……, 알고 있었어, 그런 것쯤."

그녀는 씩씩하게 미소 지으려 애썼다.

"나, 실제로 여행을 떠난 적은 한 번도 없었어. 으레 나가지 못하게 돼 있어. 출발하는 일은 있을 수 없지."

그녀는 이것이 마지막인 양 서럽게 울기 시작했다.

"아아, 히로시…… 우리, 그거 하자, 얼른……. 그렇지 않으면, 너마저 날 경멸한다고 생각할 거야."

거기서 나는 다시 한 번 그녀를 안지 않을 수 없었다. 이런 때에 마지막 불꽃을 아낌없이 태우지 않고서야 어떻게 도둑 같은 사랑을 장식할 수 있으랴. 우리는 둘 다

별말 없이, 피차 속으로 '너도 좋아하는군' 하고 어이없어하면서도 몹시 서두르는 듯이 그리고 순서를 다 안다는 듯한 손놀림으로 슬픈 종교적 비밀의식처럼 일을 마쳤다. 그래도 서로 몸을 떼고 나서는 싱긋 웃어 보이기까지 했으나, 사무치는 허전함을 숨기느라 애먹었다.

우리는 문을 잠그고 우유함에 열쇠를 떨어뜨린 후, 솔이끼가 무성한 마당을 지나 노송나무 울타리가 이어지는 거리로 나섰다. 유이코의 스타킹 선이 평소 버릇대로 뒤틀려 있었지만 시간을 잡아먹을까 봐 모른 척했다.

전철이 우메다 역으로 미끄러져 들어갈 무렵에는 사방은 이미 네온으로 물들고 완전히 밤이었다. 휴우, 오사카다, 오사카의 밤……. 결국 나는, 그 계절도 시간도 없는, 인공조명이 어우러진 생선 내장 속 같은 허공에 매달리게 되었다. 예의 11층 공중 식당. 스튜디오의 마이크며 카메라의 흐늘흐늘한 코드. 그것들을 넘나드는 하이힐과 바지들로부터 벗어날 기회도 없고 그럴 기분도 아니라는 것은 알고 있었다! 그렇게 여기고 있었다.

나는 Q방송국으로, 유이코는 R방송국으로 긴카메 소주 시간의 원고를 가져간다고 했다. 이윽고 역은 우리를 토해냈다. 순식간에 눈앞에 펼쳐지는 눈부시게 밝은 빛과 색채의 홍수. 게다가 쓸데없이 많은 신호등. 우리는 번번이 녹색 신호를 놓치고 혹은 너무 일러서 발이 묶인 채 범람하는 차량의 물결을 참을성 있게 보고 있었다. 신호가 바뀌기 무섭게 고꾸라지듯 앞서 나가, 미처 빠져나가지 못한 차량을 요리조리 피해가며 교차로를 가로질러 번화가를 따라 걸었다.

이 서먹서먹한 대도시의 짙은 분장, 빨강과 보랏빛으로 빛나는 글자, 부유하는 일루미네이트 애드벌룬, 명멸하는 네온이 갖는 충만감이 조금씩 내 몸 안에서 맥박치기 시작하고, 그것은 넓은 바다를 표류하는 뿌리 없는 해초류와 같은 나를 끝없는 고혹의 바다 밑 암흑으로 끌어들이려 했다. 파도처럼 일렁이다 밤하늘로 빨려 들어가는, 어두운 압력을 지닌 무시무시한 대도시의 신음. 장폐색처럼 사람과 차량이 가득 들어찬 혼잡한 도로.

유이코의 갈 길은 동쪽으로 꺾어진다. 나는 우메다신미치에서 서쪽으로 돌아든다. 모퉁이의 버스 정류장까지 왔을 즈음 그녀가 슬쩍 내 팔을 건드리며 진지한 목소리로 물었다.

"저기, 히로시, 사랑이 뭐야? 사랑이란 거…… 정말 있다고 생각해? 우리, 인생의 아주 작은 부분, 섹슈얼한 욕

100

망과 미모 추구, 공통의 관심, 계급상의 이해 및 동류의
식을 갖는 것, 노후의 타산 따위를 사랑이라고 착각하고
있던 건 아닐까? 앗, 아니면, 사랑이란 원래 그런 걸까?
아니면, 진정한 사랑은 그런 게 아니지만 오늘날에는 그
런 것들이 사랑의 왕좌를 빼앗아 대신하는 걸까? 하지만
히로시, 화내지 말아줘. 나, 너랑 잤을 때, 케이 때처럼
기쁘지는 않았어. 그렇다면 결국, 그 케이와의 일은 역시
나의 사랑이었을까? 그거야말로 진짜 사랑이었던 걸까?
그것을 케이는 왜 몰라줬을까? 게다가, 이런 것과 케이
가 늘 말하던 민중에 대한 사랑은 별개인 걸까? 한 인간
의 사랑도 알아차리지 못하는 사람이 많은 인간을 사랑
할 수 있을까? 그런데 너는 왜, 나를 사랑해주지 않는 걸
까……."

　그녀는 잠시 침묵했다. 그 침묵이 가여웠다.

　"아마도, 전부, 내가 잘못한 거겠지? 나는 바보니까.
이것만은 틀림없는 사실이니까. 나, 무슨 말을 하고 있는
건지. 머리가 혼란스러워서 이젠 뭐가 뭔지 하나도 모르
겠어."

　나는 대답하지 못했다. 그녀의 말은 전부 사실이었다.
우리는 두 번 다시 그런 기회를 갖지 못할 테고, 케이도

영원히 그녀 곁을 떠나고 말았다.

"아아, 히로시. 나 정말 케이를 좋아했어."

"케이를 비난하면 뭐하겠어요. 아마도 『당원 필휴』를 너무 읽은 거야."

나는 그녀의 뺨에 손을 가져갔다.

"아직 아파요?"

내가 물었다. 그녀의 물음에는 대답하지 못했지만, 그녀의 상처 입은 마음에 대한 공감이 내게 다정함을 가져다주었다.

"아니, 내가 더 미안해. 나쁜 말만 하고. 화내지 않겠다고 말해줘."

"화 안 났어요."

"고마워. 너, 얼핏 봐선 전혀 알 수 없어. 가끔은 갈라진 틈이 심한 슬픔처럼 보이지만, 그래도 수술이 잘됐어. 게다가, 남자는 그만한 일로 가치가 손상되는 일은 절대 없어…… 그럼."

그녀는 매니큐어가 벗겨진 손을 내밀었다.

"안녕."

그녀는 말랑말랑한 엉덩이를 흔들며 걸어가고, 나도 발길을 돌렸다. 케이와 유이코, 유이코와 나의 감상 여행은 이렇게 각자 끝이 나고 말았다. 언젠가 우리가 정말로 여행을 떠날 때가 찾아올까? 진짜 여행은 뭔가 좀 더 위에, 케이가 입버릇처럼 말하던 '마땅히 ……해야 할' 보다 더 위에 군림하고 있는 것을 향한 출발이다. 그리고 사랑의 왕국을 향한 그 여정은, 이렇듯 허무하게 원점으로 다시 돌아올 일은 절대 없다.

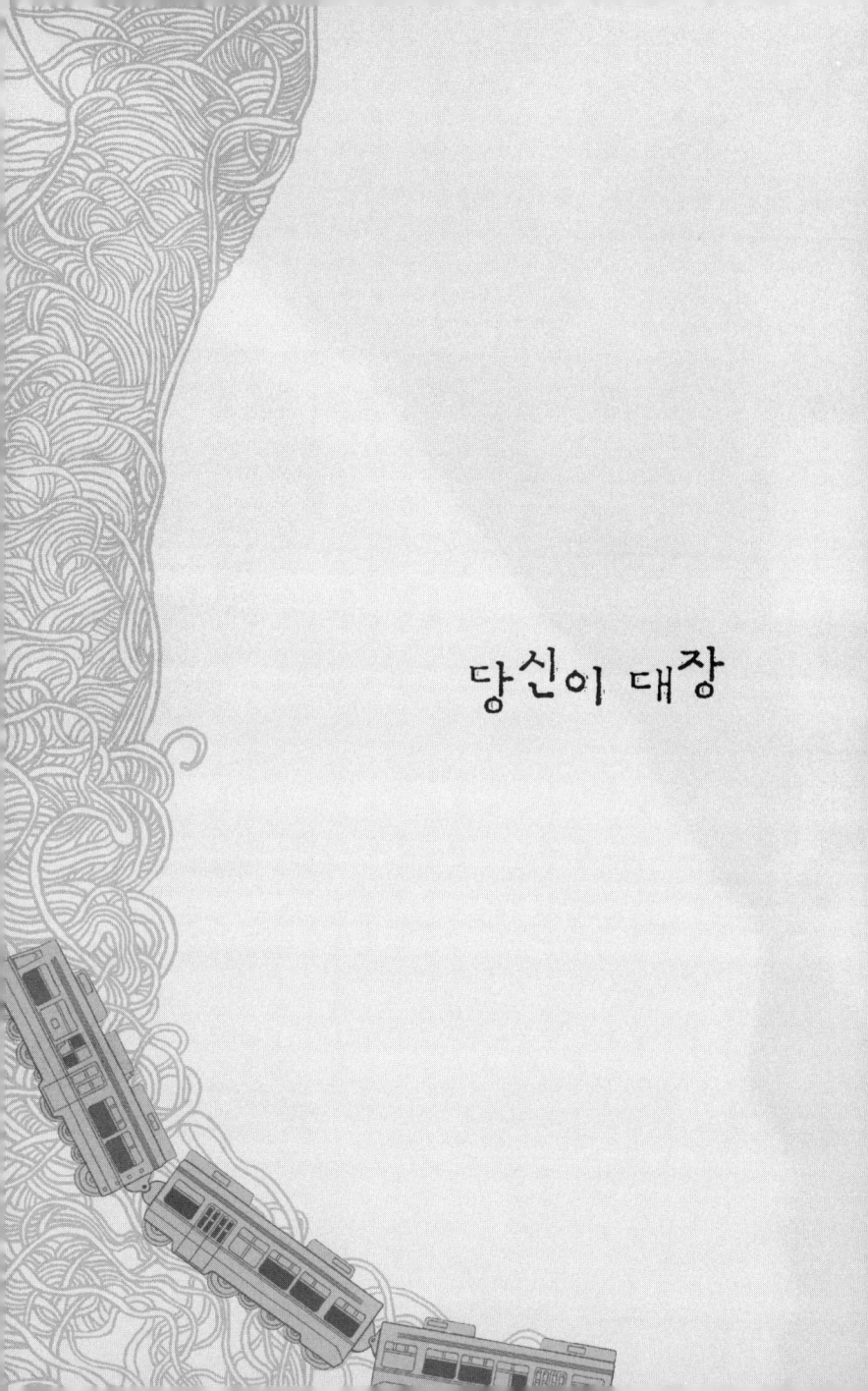

당신이 대장

1

설마 화장대 하나가 그런 소동으로 이어지리라곤, 다츠노는 상상도 하지 못했다.

일요일 오후, 다츠노는 아내 에이코와 함께 역 앞 상점가의 가구점을 찾았다. 그 가게에서는 요즘 재고 정리를 위한 할인 행사가 열리고 있었다. 약간 흠이 있어 처치 곤란한 물건도 파격가에 판매한다는 광고지가 며칠 전부터 집으로 날아들고 있었다.

아내는 그렇잖아도 전부터 찻장이 낡아서 바꾸고 싶었는데 마침 좋은 기회라는 것이었다. 아내는 제안이라기보다 거의 탄원하는 듯한 어조였다. 다츠노는 찬성했다. 아니 그렇다기보다, 허락한다는 식으로 말했다.

"엇? 정말 사주는 거야? 이야, 좋아라!"

아내는 마냥 기뻐하는 모습이었다.

아들은 아침 일찍부터 야구를 하러 나가고 없었고, 둘은 함께 역 앞까지 걸어갔다.

아내 에이코는 다츠노와 나란히 걷지 않는다. 반드시 반걸음 혹은 한걸음 뒤처져 걷는다. 남편인 다츠노보다 자기 키가 훨씬 커서 나란히 걷는 게 싫단다. 벼룩 부부(암컷이 수컷보다 큰 벼룩에 빗대어 아내가 남편보다 몸집이 큰 부부를 이르는 말—옮긴이)라는 표현도 다 옛날 말이지 요즘에야 아는 사람도 별로 없으련만, 작은 남자와 큰 여자가 나란히 걸어가면 사람들이 호기심 어린 눈으로 바라볼지도 모른다며 아내는 노상 신경을 쓴다.

다츠노는 아무렇지도 않은데 아내가 굽 있는 신을 피하고 굳이 납작한 신만 애용하는 것 또한 다츠노와의 키 차이를 조금이라도 줄여보려는 생각 때문이리라.

아내는 다츠노의 작은 키가 마음에 걸린다기보다 껑충하게 큰 자기 자신이 부끄러운 듯 늘 새우등을 하고 걷는다. 다츠노의 그늘에 숨으려는 듯 반걸음이나 한걸음 뒤처진 채.

다츠노가 나란히 걸으면 좋지 않느냐고 해도, 아내는 통 말을 듣지 않는다. 무슨 일이든 다츠노 말에 잘 따르는 아내인데도 말이다. 그 때문에 왜소한 다츠노는 체격이 큰 아내를 거느리는 모양새로 걷는다. 구부정한 등에 약간 안짱걸음인 아내는 다소곳하게 남편의 뒤를 따른다.

다츠노는 찻장을 사준다는 소리에 아내가 진심으로 흥분하여 기뻐한다는 것을 느낄 수 있었다. 다츠노의 집에서는 가구처럼 값나가는 물건을 살 때는 아내 혼자서 결정할 수 없는 것으로 되어 있다. 가구뿐만이 아니다. 다츠노의 집에서는 다츠노의 "응" 하는 대답이 없고선 거의 모든 일이 진행되지 않는 '가풍'이 있다.

가풍이라고는 하지만 사실 대단한 집안은 아니다. 다츠노는 지극히 평범한 서민이다. 다달이 주택 융자금을 갚아가며 작은 맨션에 사는 마흔세 살의 월급쟁이이다. 약(藥)의 거리로 알려진 도쇼마치에 있는 한 제약회사에 다니며, 가족이라고 해봐야 아내 에이코와 초등학교 6학년 아들이 전부인 평범한 시민. 이렇다 할 재산가도 권문세가도 아니다 보니 '가풍'을 논하기도 쑥스럽다. 그냥 관례 정도로 보면 무난할 것이다.

아내 에이코는 매사에 다츠노의 지시를 받들고, 다츠노의 말을 그대로 옮겨 말하고, 다츠노의 의향을 따르려 애쓴다. 아니, 애쓰는 것처럼 보인다. 주변 친척들도 으레 이 집의 관례려니 여기는 눈치다.

"남편한테 물어보고 나서 대답을……."

"남편이 뭐라고 할지……."

"남편 말이……."

라는 것이 아내의 입버릇이다.

그러다 보니 '남편의 지시 없이는 아무것도 못 하는 아내'라는 인상을 풍긴다.

아내는 얼굴도 서른여섯 나이치고는 어려 보이고 어수룩하게 보인다. 체격이 큰 만큼 더더욱 '덜 성숙한 어른'이라는 인상이 짙다. 늘 이러지도 저러지도 못하고 자신감 없이 주뼛거리는 기운이 아내의 주변을 감돈다.

결혼한 지 14~5년이 되어 가는데도 에이코는 마냥 그대로일 뿐 도무지 어른스러운 모습도, 아내로서 엄마로서의 차분함도 찾아보기 어렵다.

하지만 그것도 다 다츠노 혼자의 생각일 뿐, 사람들 눈에는 성숙하지 못한 에이코가 그저 순종적이고 유순하고 요즘 보기 드문 아내의 귀감이자 조신한 여성으로 비춰지는 모양이다. 다츠노의 형은 이렇게 말하곤 한다.

"너처럼 군림하는 가장, 요즘엔 안 통한다. 제수씨가 워낙 조신하니까 유지되는 거지, 요즘 여자 같았단 봐라.

너처럼 큰소리치다간 얻어맞기 십상이야. 역시 도회지 여자는 감당하기 힘들어. 거기에 비해 제수씨 같은 시골 출신 여자는 온순하지, 조신하지, 언제든 널 앞세우고 한 걸음 뒤처져 걷잖아. 진짜 여자 중의 여자라고. ……우리 집은 어떤지 알아? 집사람이 대장이고, 나는 부하야. 너는 집에서 대장 노릇 할 수 있으니 좋잖아. 우리 남자들은 밖에선 대장이 될 수 없으니 집에서만큼은 대장 대접을 받아야 한다고. ……그게 남자들의 로망 아니겠어?"

다츠노의 형은 가전회사에 근무하고, 아들 둘에 딸 하나를 두고 있으며, 아내도 교사로 일하고 있다. 다츠노가 볼 때, 교사라는 직업을 가진 여자만큼 성차별 의식에 민감한 종족은 없지 싶다. 노동면에서든 임금면에서든 직장 내 성차별은 있을 수 없다, 그런 의식으로 똘똘 뭉쳐 있기 때문에 가정 내에서도 그것을 요구하는 게 당연하다는 구석이 있다. 따라서 같은 교사끼리 결혼을 하면 몰라도 다른 직종의 남자와 결혼한 경우, 어느 정도의 마찰은 피할 수 없으리라.

형은 중매결혼을 했는데 결혼 후에도 일을 계속하고 싶다는 여자 쪽의 뜻을 받아들여 결혼했다. 그런 까닭에 이제 와 불평도 못하지만, 가정생활에서 많이 양보하는

'가풍'이 있는 듯했다.

형도 다츠노와 마찬가지로 지극히 평범한 서민인지라 특별한 지식이나 교양이 있는 것도, 표현력이 풍부한 것도 아니었다. 그렇다 보니 '역시 도회지에서 자란 여자는 감당하기 힘들어'라고 단정 지어버렸다. 그러나 다츠노는 도회지와 시골의 문제가 아니라고 생각했다. 여자란 본래 감당하기 힘든 존재인 것이다.

다츠노의 어머니는 아버지보다 강인한 사람이었다. 그랬으니 가게를 꾸려 나갈 수 있었던 거였지만. 아무튼 일도 잘하고 남편을 몰아쳐 가게도 번듯하게 키워 나가는 등 명실 공히 '대장' 노릇을 했다. 그런 어머니가 뇌일혈로 어이없게 세상을 뜨자, 아버지도 급격하게 생기를 잃고 어머니 뒤를 따르듯이 돌아가시는 바람에 다츠노의 형도 남동생도 다츠노도 가게를 잇지 못하고 말았다.

어머니가 강하지 않았다면 가게도 꾸려 나갈 수 없었겠지만, 다츠노 개인적인 취향을 말하자면, 강한 여자는 싫었다.

가게를 잘 꾸려 나가지 못해도 좋다, 나긋나긋하고 느긋한 사람이 좋다, 다츠노는 그렇게 생각했다.

에이코와 맞선을 보던 날, 우선 그녀의 체구에 깜짝 놀랐다. 다츠노는 요새 남자치고는 왜소한 편이어서 키가 162~3센티미터에 불과한데, 에이코는 올려다봐야 될 정도로 커 보였기 때문이다. 중매쟁이 아주머니도 그날 처음으로 에이코를 본 터라 잠시 할 말을 잃은 눈치였다.

"실례지만, 키가 얼마나 되세요?"

이렇게 묻자 에이코는 머뭇머뭇하며 부끄러운 듯이 대답했다.

"166~7 정도일 거예요."

하지만 다츠노가 보기엔 한참은 낮춰 말하는 것 같았다. 아무리 봐도 170은 되어 보였다. 에이코는 자신의 큰 키를 장점으로 여기기보다 오히려 결점으로 받아들이는 여자인 것 같았다. 그 무렵만 해도 그런 생각을 하는 여자들이 꽤 있었다.

다츠노는 솔직히 말해 체구가 큰 여자를 좋아했다. 자신이 작다 보니 똑같이 작은 여자를 아내로 맞고 싶은 생각은 없었다. 남이야 벼룩 부부라고 하든 뭐라 하든 시원하게 큰 여자가 좋았다.

더구나 그 큰 여자가 어수룩이 머뭇거리는 표정이라니, 그 순수한 면도 마음에 들었다. 구부정하니 어깨를 움츠린 채, '어쩌다 이렇게 커버렸을까'라고 말하기라도 하는 듯이 부끄러워하는 모습도 마음에 들었다. 시골티 나는 세련되지 못한 분위기도 좋았다.

그리고 가만 보니 에이코는 정돈된 이목구비하며 미인 이라 해도 좋을 생김새였다. 하지만 정작 본인은 그 점을 깨닫지 못하고, 매사 자신감 없는 모습에다 학생들이나 신는 하얀 양말을 신고 있었다.

효고 현의 산골 고등학교를 나와 오사카의 대형 슈퍼 마켓에서 일한다고 했다. 지금 살고 있는 곳은 종업원 기 숙사인 모양인데, 네 사람이 한 방에서 생활하기 때문에 아무래도 불편하다고 했다.

"제가 부끄럼을 많이 타서 손님과 말 한마디 하기도 어 렵고, 시골 사투리 때문에 말이 억세다 보니 바깥 일이 잘 맞질 않아요. 그러느니……."

결혼하여 이런 생활에서 벗어나고 싶다, 그런 투였다.

"저래서는 다츠노 씨 마음에 들지 않겠네. 키도 그렇 고, 취미도 그렇고……."

중매쟁이 아주머니는 은근히 에이코의 촌스러운 모습 을 언급하며 사과했다.

"잘 알아보지도 않고 소개해서, 정말 미안합니다."

하지만 다츠노는 마음에 들었다. 그 무렵에는 부모님

은 이미 다 돌아가시고 안 계셨지만, 형이 잘난 아내를 얻어 꽉 잡혀 사는 모습을 봐오던 터였다.

'아내감으로는 잘나지 않은 여자가 좋아. 사람들을 가르치는 훌륭한 여자보다, 사람들과 말 한마디 하기도 어렵다는 수줍음 많은 여자가 훨씬 좋아. 어수룩해도 깐깐한 여자보다는 훨씬 나아.'

이렇게 생각했던 것이다. 시원스레 큰 여자가 상냥하고 연약하고 수줍음까지 탄다는 점에서, '그래, 이 여자는 딱 내 취향이야'라는 생각마저 들었다.

다츠노의 의향이 그렇다는 것을 알자, 중매쟁이는 만족하여 손바닥 뒤집듯이 말을 바꿨다.

"아내는 나보다 못한 집에서 데려와라, 라는 말도 있잖아요? 부담스러우리만치 잘난 집안에서 데려오는 것보다, 평범한 집안의 아가씨가 스스럼없어 좋아요"라고 말했다.

그렇다고 에이코와 결혼하여 딱히 군림할 생각은 없었다. 다만 자신의 아내 될 사람은 깐깐하지 않고 대장 노릇을 하겠다는 여자만 아니면 된다고 생각했다. 그런데 에이코는 좀 심한 편이었다. 결혼 초부터 사사건건 다츠노의 의견을 구하고 지시를 받들었다. 그런 일쯤은 적당히 알아서 하라고 해도, 에이코는 우물쭈물하면서 마냥 결단을 못 내리고 울먹였다. 보다 못해 다츠노가 지시를 내리면 언제 그랬느냐는 듯이 금세 생기가 돌곤 했다.

에이코는 한 번도 자신 있게 스스로 생각하고 판단해서 일을 처리하는 적이 없었다.

에이코가 자신 있게 하는 일은 벽에 선반을 달아 붙이는 일 정도였다. 큰 키에 맞춰 높은 곳에 다는 것이었다. 그 김에 옷걸이용 후크류도 전부 높은 곳에 달았다. 하지만 다츠노가 뭐라고 하면 금세 어쩔 줄 몰라 하며 다시 높이를 낮춰 달곤 했다.

형 말마따나 에이코는 다츠노 말을 거스르지 않고 '대장' 노릇을 하려고 들지도 않았기 때문에 다츠노가 대장이 될 수 있는 건 맞다.

형뿐 아니라 가끔 집에 놀러오는 다츠노의 회사 동료나 부하 직원들도 그와 비슷한 칭찬의 말을 하곤 했다. 에이코는 손님을 대접해도 같이 앉아 담소하는 일도 없거니와 맥주 한 잔 마셔본 적이 없었다. 상만 차려놓고는 금세 숨어버리기 일쑤였기 때문이다. 덕분에 모두들 조심스럽고 얌전한 부인이라고 칭찬하곤 했다.

그러한 칭찬은 에이코의 귀에도 들어가기 마련이어서

한층 그런 모습으로 굳어져가는 듯했다. 아내는 가면 갈수록 다츠노 말대로만 행동하는 그런 여자가 되었다.

곁에서 보기에 다츠노의 가정은 풍파 한 번 일지 않는 평화롭고 단란한 가정으로 보인다. 다츠노는 '대장'이며 아내는 그 대장을 섬기는 부하, 그것도 마지못해 굴복하는 것이 아니라 진심으로 존경하여 따르며 다소곳하게 남편의 위신을 세워주는 부하였다.

그러나 다츠노에게도 나름대로 고충이 있다. 어느 누구에게도 말한 적 없지만, '대장 노릇'도 머리가 나쁘면 못한다.

〈당신이 대장〉이라는 노래도 있지만, 결혼 생활의 요령은 상대방에게서 '당신이 대장'이라는 말이 나오도록 하는 데에 있다.

에이코는 다츠노에 대해 '당신이 대장'이라는 생각을 품고 있을 것이다. 무슨 일이든 다츠노 입에서 '응' 하는 대답이 나오지 않으면 절대 행동으로 옮기지 않는다. 하지만 그것도 다 다츠노 나름대로 마음을 쓰기 때문에 가능한 일이다. 간혹 '안 돼'라고 할 때도 있는데, 아내는 볼멘 얼굴을 하면서도 그의 말을 거스르지는 않는다. 대신 그 불만은 다츠노에게 고스란히 쏟아질 수밖에 없다.

"당신은 대장이니까."

에이코는 체념 비슷하게 말하고 항상 자신이 참기 때문에 유지되는 거라고 여기는 눈치다. 그런 마음이 들게 하는 것, 그게 바로 다츠노가 노리는 바다. 내가 참고 살기 때문에 이 가정이 유지되고 있는 것이다—상대가 그렇게 여기도록 만드는 것이 결혼 생활의 요령이다. 참고 산다고 여기는 사람은 영원히 그렇게 생각한다. 어느 날 갑자기 더 이상 참지 못하겠다고 나서는 일은 절대 생기지 않는다. 그런 인간이라면 애초에 '당신이 대장'이란 말은 하지 않는다. 뭐든 자신의 의지를 관철시키려 들고, 자기가 대장이 되고 싶어할 것이다.

말하자면 에이코는 자신의 의지를 갖는 것이 귀찮아서 '당신이 대장'이라고 말하는 게 편한 것이다. 다츠노는 그렇게 꿰뚫어보고 있다.

에이코는 어디 나가 일을 한 적도 없다. 파트타임 정도라면 괜찮다고 다츠노는 말하지만, 밖에 나가 사람들 속에서 부대끼는 게 싫은 눈치다. 아내는 다달이 다츠노에게 받는 돈으로 가계를 꾸려 나가는 데 만족하고 있다.

찻장은 다츠노가 생각했던 것보다 싸게 살 수 있었다.

아내가 좋아하는 디자인으로 두 종류가 나와 있었는데, 여느 때와 마찬가지로 결정을 못 내리고 있어서 다츠노는 값은 조금 더 나가도 아내가 갖고 싶어할 만한 물건으로 정했다. 카드 결제 3개월 할부로 구입했다.

다츠노는 아내에게 월급을 봉투째 맡기지는 않았다. 살림에 필요한 만큼만 내주는 식이었는데, 대장다운 방식인지는 몰라도 에이코는 처음부터 거기에 대해 불만스러워하지 않았다.

원하는 배달 날짜와 주소를 알려주고, 볼일을 마쳤으니 그만 돌아가자는 다츠노의 말에 아내는 2층에 올라가보자고 했다. 2층에서는 혼수용 가구를 전시하고 있어서 가서 뭘 하나 싶었지만 여자들은 본래 가구에 관심이 많은 존재인지라 에이코는 잠깐만 보고 가자고 했다. 찻장을 사고 나니 신바람이 났는지 앞장서서 2층으로 올라가기 시작했다.

다츠노는 멍하니 그 뒤를 따라 올라갔다. 가구에 관심이 많은 남자도 있겠지만 이렇다 할 취향도 없는 다츠노는 가구를 봐도 별다른 감흥이 일지 않았다. 얼른 집에가서 맥주라도 마시며 비디오를 보는 편이 나을 것 같았다. 비디오를 사고부터는 야구 외에 텔레비전에도 재미가 붙었다. 범죄수사극 같은 프로그램을 녹화해 두었다가 일요일에 보는 것이 다츠노의 낙이었다.

아내는 눈을 빛내며 매장의 통로를 돌아다니다 문득 발을 멈추었다. 빨간색 딱지가 붙은 하얀 화장대를 뚫어져라 보고 있었다. 서랍이 딸린 화장대였다. 다리 쪽에 칠이 조금 벗겨져서 싼값에 파는 모양이었다.

"내, 이거 갖고 싶데이!"

갑자기 아내가 소리쳤다.

"여보, 사 가자, 이거……."

다츠노를 향한 그 얼굴은 갖고 싶은 장난감을 쥐고 놓지 않는 어린아이처럼 천진한 야욕으로 빛나고 있었다.

"응? 응? 사주라 이거, ……싸다. 응? 싸잖나!"

아내는 누가 보건 말건 정신 나간 사람처럼 떠들어대고 있었다.

아내는 감정이 격앙되면 고향 사투리가 튀어나오곤 했다. 아내가 남들과 말을 잘 섞지 못하고 집에 찾아오는 손님들 눈에 조심스럽고 얌전한 안주인으로 비치는 것도 따지고 보면 사투리가 튀어나올까 부끄러워하기 때문이었다. 평소에는 그렇지 않은데 뭔가에 정신이 팔리면 사투리가 나왔다. 아내는 화장대를 끌어안다시피 하고선

소리쳤다.

"어쩌믄 이리 싸노!"

"다리 칠이 벗겨졌잖아."

"라커로 칠하믄 된다, 사자, 응? 이런 게 전부터 갖고 싶었는데, 비싸서 포기했다 말이다. 이건 싸잖나! 응? 사자아~! 여보! 사줘도 되잖나."

다츠노는 딱히 구두쇠로 살 생각은 없지만 합리적인 편이었다.

"그런 걸 어디다 두려고, 집도 좁은데. 경대는 하나 있잖아."

집에는 아내가 결혼할 때 가져온 혼수품으로 초라한 일본풍 경대가 하나 있었다. 하지만 아내는 그것을 거의 모셔두다시피 하고 대신 세면대 거울을 애용했다.

아내는 반박했다.

"어디든 놓으면 되잖나. 내는 전부터 하얀 화장대가 갖고 싶었단 말이다. 응? 응? 사자아~!"

아내는 오늘따라 유난히 집요했다. 다츠노는 그 집요함보다 남부끄러운 줄 모르고 "사자아~!" 하며 졸라대는 모습에 질려버렸다. 통로에 여자 손님들의 모습이 드문드문 보였다. 부부간에 옥신각신하는 소리가 그녀들의 귀에도 들어갈 터였다. 이쪽을 쳐다보는 여자도 있었다. 다츠노는 화장대를 보았다. 서랍이 얕고 다리가 화려한 게 겉만 그럴듯해 보이는 것이 가격은 쌀지도 몰랐다. '현금 결제, 한정 상품' 이라는 빨간 딱지가 붙어 있었다.

다츠노는 스스로 구두쇠는 아니라고 생각하지만, 아내가 큰 소리로 "사자아~ 응? 응?" 해서 사는 건 어쩐지 석연치 않았다. 아내가 말 꺼내기 전에 사서 아내를 기쁘게 해준다면 몰라도…….

더구나 사람들이 다 보는 앞에서 막무가내로 "사자아~!" 하고 외치는 센스 없는 아내에게도 넌더리가 났다. 형은 시골 여자는 순수해서 좋다지만, 다츠노가 지금도 난감해하는 것은 아내가 지닌 '시골 사람 풍의 뻔뻔함' 이었다. '여보, 어때? 싸다는 생각 안 들어? 우리 이거 사자' 하고 귓전에서 섹시하게 속삭여 온다면 다츠노도 지갑을 열 마음이 들지 모른다. 그런데 무턱대고, "응? 사줘도 되잖아!"라고 나오면 미묘하게 마음이 달라진다. 다츠노도 도회지 사람 나름의 허세가 있다, 그 말이다.

그리고 일견 왕 노릇을 하며 평화로운 가정을 영위하고 있는 것처럼 보이지만, 다츠노의 내심은 '특별히 좋은 것도 없고 나쁜 것도 없다' 였다. 기쁨도 없고 슬퍼하지도 않아, 또한 누구를 원망하리, 라는 어딘가에서 읽은 시구절 같은 인생인 것은, 아내의 그런 촌스러운 감각이 마음에 들지 않아서였다.

다츠노는 아내의 아이 같은 모습이 마음에 들어 결혼했고, 형을 비롯한 모든 이들의 눈에도 성공적인 결혼 생활로 비치고 있었다. 그리고 자기 딴에는, '결혼 생활의 요령은 상대의 입에서 〈당신이 대장〉이라는 말이 나오게끔 하는 것'이라 생각하며 만족해 왔으나, 사실을 말하면 재미도 뭣도 없는 생활이었다. 성숙하지 못한 아내에게 뭔가를 지시하는 것도 중년이 되자 싫증이 나기 시작하고, 무엇보다 더 이상 아내에게 빠져 있지도 아내를 사랑하지도 않았다. 부부로서의 정은 남아 있지만 아내의 "사자아~!" 소리는 사람을 질리게 만드는 구석이 있었다.

아무튼 안 그래도 평소 머릿속에서만 맴돌던 개운치 않은 감정이 아내의 "사자아~!"로 명확히 의식되고 말았다. 그때였다.

통로 저편에서 한 여자 손님이 남자 점원을 데리고 걸어왔다. 골드미스 커리어우먼처럼 보이는, 제법 미인이었다. 두 사람은 나란히 진열되어 있는 화장대 앞에서 발을 멈추고, 여자가 그중 하나를 가리켰다.

"이게 좋겠어요. 이걸로 할게요."

역시 흰색 화장대로 황금색 테두리가 빙 둘러쳐 있고, 테이블 상판에 대리석을 붙인 호화 제품이었다.

"현찰로 하면 좀 싸게 되나요?"

여자가 물었다.

"네, 잘 해드리겠습니다."

"저, 카드 할부, 싫어하거든요. 가구는 회사 보너스에 맞춰 구입하고 있어서. 그럼 이걸로 주세요."

여자가 시원스레 말하자, 점원은, "그럼, 이 제품으로 하시겠습니까?"라고 다짐한 뒤 매진 딱지를 붙였다.

"네, 제가 결정이 빠른 편이라. 망설이는 걸 싫어해요. 어차피 내가 쓸 물건을 내가 사는 거니까."

"그럼 주소와 연락처는 아래층에서 작성하실까요?"

다츠노는 둘의 대화를 흘려들으며 아무 생각 없이 두 사람을 따라 아래층으로 내려갔다. 그때, 아내의 존재는 까맣게 잊고 있었다고 해도 과언이 아니었다.

가구점 앞에서 기다렸으나 아내는 좀체 나오질 않았다. 아직도 뭔가 살 물건을 물색하고 있나? 다츠노는 또다시 "사자아~!" 소리를 듣게 될까 겁이 나 먼저 집으로 돌아와 버렸다.

아내는 슈퍼에 들러 저녁 장을 본 듯 한참이 지나서 집에 들어왔다.

다츠노는 집에서 텔레비전을 보면서 저녁을 먹는 습관이 있었다. 아들 녀석은 상당히 일찍 잠자리에 들기 때문에 다츠노는 내내 혼자 텔레비전을 보면서 위스키 따위를 홀짝이곤 했다.

아내는 다츠노가 보는 프로그램을 함께 즐기는 법이 없었다. 다츠노 역시 아내가 좋아하는 가요 프로그램 같은 건 별로 보고 싶지 않았다. 스포츠나 외화 외에 다츠노는 이 무렵, NHK의 교육 프로그램이 비교적 마음에 들기 시작했다. 혼자 진득하게 앉아 보기에 딱 좋았다.

그날 밤, 다츠노는 특별히 좋을 것도 나쁠 것도 없는 평화로운 군주의 밤을 보내고 있었다. 솔직히 말해 재미도 뭣도 없지만, 그래도 가정이란 건, 편안하게 쉴 수 있으면 장땡 아닌가? 라는 마음이었다. 재미도 뭣도 없는 가정이라면 무너지는 것도 빠를 테지, 라는 걱정도 없지는 않지만 어쨌든 욕심쟁이는 아니라서 평화와 재미 모두를 손에 넣으려는 생각은 하지 않았다.

텔레비전에서는 고전(古典)에 관한 기행 프로그램이 방영되고 있었다. 이런 건 특히 다츠노가 좋아하는 프로그램이었다. 저도 모르게 몰입하여 보고 있는데 등 뒤에서 묘한 소리가 났다.

뭔가 끓는 소리 같기도 한데, 그런 것치고는 소리가 제법 다양했다. 부글부글 끓는 소리 중간 중간에 으으으 으…… 하는 소리도 섞여 있었다. 우리 집에는 애완동물이 없는데 어디서 고양이 울음소리가 나네…… 라는 생각이 들 때쯤 비로소 뒤쪽에서 흐느껴 울고 있는 아내를 발견했다.

울고 있는 아내라……, 어떻게 해야 되지?

결혼 이후 처음 있는 일이라서 다츠노는 어찌할 바를 몰랐다. 아내가 고향 사투리로 소리치는 것도 난감한 일이지만 우는 것 또한 손쓸 방도가 없었다.

성가시다는 생각이 들었다.

내가 냉정한 남자라서 그런가? 하고 다츠노는 잠깐 반성했다. 분명 아내가 울고 있는 것을 성가셔하고 있었다. 하지만 한편으론 가벼운 충격이었다.

무슨 일이든 '남편과 상의하고 나서' 라는 아내가 남편과 한마디 상의도 없이 울고 있는 것이었다. 매사 자신감 없이 주뼛주뼛 눈치만 보던 성숙하지 못한 아내가 지금은 자신감을 갖고 참 당당하게도 울고 있지 않은가.

힐끔힐끔 보아하니 그 큰 덩치로 팔다리를 오므린 채 울고 있었다. 일부러 보이려는 행동이라고밖에 생각할 수 없었다.

다츠노는 무겁게 입을 열었다.

"무슨 일이야……?"

"내사마, 여태 살믄서 오늘처럼 괴로웠던 적은 읍 따……."

아내는 숨까지 헐떡이면서 말했다. 아내는 평소엔 '내 가'라고 하는데, 감정이 격해지면 고향 사투리인 '내사 마'가 튀어나왔다. 오사카 사투리하고는 억양이 좀 다른 듯했다. 다츠노는 딱히 오사카 우월주의자도 아니고 귀 가 밝다고도 생각지 않지만 유독 아내의 시골 사투리에 민감했다.

"그 하얀 화장대, 갖고 싶었는데……."

"뭐야, 아직도 그 소리야?"

이거야 원, 애도 아니고. 다츠노는 이 정도인 줄 알았 으면 그냥 사줄 걸 그랬나 하는 마음이 들었다. 그런데 아내는 엉뚱한 이야기를 꺼냈다.

"아까 거기, 여자 손님 있었제?"

"응."

"그 여자, 그 비싼 걸 현찰로 사데? 내를 보고 비웃기라도 하는 듯이……."

"비웃어?"

다츠노는 의외였다. 여자 손님이 이쪽에 시선을 준 적은 한 번도 없었던 것 같은데.

"설마 그럴 리가……."

"아이다, 분명히 비웃었다카이. 내가 쓸 물건은 내가 산다믄서, 잘난 척했다. 그기, 내 들으라고 하는 말 아니고 뭐꼬? 내를 비웃었다."

아내는 한층 심하게 울어댔다.

"설마. 어디 사는 누군지도 모르는 여자가, 뭐 때문에 당신한테 그러겠어? 바보 같은 소리 작작 좀 해."

다츠노는 '대장'의 위엄으로 타일렀건만 아내는 반발했다. 이것도 처음 있는 일이었다.

"아이다, 분명히 내를 비웃었다카이! 지 물건도 하나 못 사는 여자가……, 하는 얼굴이었다고! 그라고 보니, 내는 끽소리도 못한다. 내는 뭐든지 당신을 졸라야 살 수 있는 입장 아이가? 그 여자가 산 거에 비하믄, 3분의 1 가격밖에 안 되는데, 그것도 안 사주더라 말이다. 그토록 부탁했는데. 갖고 싶었는데……."

아내는 그렇게 말하고 흑흑 흐느껴 울기 시작했다. 남자인 다츠노는 아내의 그런 말에 애처로운 마음이 든다기보다 그렇게 바가지를 긁을 바엔 당장 사라, 하는 기분이 들었다. 귀찮았다.

"그러니까 사라고. 그렇게까지 갖고 싶은 거면……."

"필요 없다! 내, 결심했다!"

"뭘?"

"내도, 그런 커리어우먼이 돼서, 내 물건은 내 손으로 살 끼다!"

아내가 처음 일한 곳은 집 근처 빵집이었다.

사람들과 말 한마디 섞기도 어렵다는 건 아내의 괜한 우려였던 듯, 싹싹하게 손님을 대했다. 눈치 빠르고 빠릿빠릿하다는 건 아니지만, 차분하고 친절한 응대로 평판은 좋은 모양이었다. 그러다 빵집 주인이 잘해준다는 이유로 그의 부인이 질투를 하는 바람에 아내는 그곳을 그만두었다. 그러고는 오사카 근처의 큰 역 앞에 있는 부티크에서 판매 사원으로 일하게 되었다.

아내의 큰 키와 비교적 균형 잡힌 몸매, 정돈된 이목구비를 여주인이 눈여겨본 모양이었다. 부티크에 나가 일하기 시작하면서부터 아내는 하루가 다르게 아름다워졌다. 직원 할인 제도가 있어서 아내는 할부로 의상이며 액세서리를 사들였다. 허구한 날 하고 다니던 어정쩡한 길이의 아줌마 풍 머리도 길게 기르기 시작했다. 아내는 예쁘게 파마한 머리를 살랑살랑 흔들어대며, 유행하는 드레스를 입고 그 가게로 출근했다.

몰라볼 만큼 여성스러워지고 변한 아내의 모습에 다츠노는 정신을 못 차릴 정도였다.

어느 날, 아내가 하이힐을 신고 집에 돌아왔다.

"여보! 이것 좀 봐봐! 나한테도 잘 어울리지?"

현관에서 호들갑스럽게 불러대기에 무슨 일인가 싶어 나가 보니, 아내가 굽 높은 펌프스 스타일의 반짝이는 흰 구두를 신고 우뚝 서 있었다. 당당한 장신.

크다, 정도가 아니었다.

맨션의 낮은 천장을 뚫고 나갈 것만 같았다. 하얀 피케 소재의 반소매 슈트와 짙은 감색 블라우스를 입고 화장도 곱게 한 아내는 눈길을 끄는 미인으로 보였다.

"나도 내가 이렇게 될 줄은 몰랐는데……."

빙그레 웃는 아내한테서 자신감 없이 쭈뼛거리던 모습은 어느새 사라지고 없었다.

아내는 부티크에서 근무하던 중, 물건 구입 차 들른 부인복 제조업체에 스카우트되어 그 회사 매장에서 일하게 되었다. 오사카 남부 스오마치에 자리한 빌딩 1층이었다. 그 회사 옷을 입고 손님을 대하는 일이었다.

"공부를 좀 더 해야겠어."

뒤늦게 아내는 그런 말을 꺼냈다.

"여태 집 안에서 뭘 했나, 하는 생각이 들어서 말이야. 문학이며 미술이며, 공부할 게 엄청 많다는 걸 알았어."

아내의 입에서는 더 이상 '내사마' 어쩌고 하는 소리도 나오지 않았다. 그러고 보니 구부정한 등도 안짱걸음도 교정된 지 오래였다. 모델 양성소 같은 곳에 다니며 죽을 둥 살 둥 '공부'하여 교정한 것이었다.

높은 곳에 후크를 달아 다츠노가 잔소리라도 할라치면, "당신이 발판 가져다 놓고 올라서면 되잖아. 나, 구부리면 자세가 나빠진단 말이야!"라고 소리쳤다. 애 같은 아내가 밖에 나가 치켜세워지고 돈푼깨나 만지게 되자 뭔가 크게 착각하는 건 아닌지. 다츠노는 그 점이 염려되었다.

"흥."

아내는 코웃음을 쳤다.

"집에서 참고 살던 때에 비하면, 그 어떤 위기도 헤쳐 나갈 수 있게 됐어. 쥐꼬리만 한 돈 가지고 이리저리 쪼개 쓰느라 내가 얼마나 힘들었는지 알기나 해? 내가 당신 안색 살펴가며 비위 맞추던 때의 고생에 비하면 손님들 상대하는 것쯤 일도 아니라고. 나, 밖에 나가 보고서야 지금까지 내가 집 안에서 얼마나 힘들게 살았는지, 잘 알게 됐어. 아무튼, 당신은 대장이었으니까!"

아내는 이렇게 말하고는 바빠 죽겠다는 듯 분주하게 출근 준비를 했다. 그러고는 하이힐에 걸쳐진 다츠노의 구두를 걷어차며, "아, 미안!"이라고만 하고 저만치 나동그라진 다츠노의 구두를 챙겨놓을 생각도 않고 말을 내뱉었다.

"바빠서 미안! 나, 오늘 늦을 거야. 당신, 퇴근길에 역 앞 편의점에서 적당히 골라 사갖고 들어와요."

다츠노는 아들을 학교에 보낸 후, 자신도 문을 잠그고 집을 나섰다.

여자는 본래 감당하기 힘들다. '당신이 대장'이라고 다츠노는 아내를 향해 말하고 싶었다. 하지만 아내가 다츠노에게 의도적으로 그런 생각을 품게 해서 가정의 평화를 꾀한다고는 여기지 않았다.

2

에도시대의 센류(川柳, 인간사와 세태를 풍자하는 짧은 시-옮긴이) 중에, '유모 일을 다니면서 남편을 조금 고까운 눈으로 본다'라는 구절이 센류 모음집 『야나기다루(柳多留)』에 나와 있다고, 다츠노는 어느 책에서 읽은 적이 있었다.

세상 물정에 어두운 규중 부인이 여대학(女大學, 남자를 받들며 참는 것이 여성의 미덕이라는 여성 차별의 기본이 된 교육서로 알려졌다-옮긴이) 풍으로 '남편을 하늘로 여기며' 살아왔는데, 근처 집에 유모 일을 다니면서 넓은 세상을 보게 되자, 세상에는 좋은 남자도 많구나, 그에 비하면 우리 남편은…… 하고 비로소 객관성을 띠고 남편을 경시한다, 뭐 그런 의미일까?

다츠노는 요즘 이 센류가 피부에 절절이 와 닿았다.

다츠노의 아내 에이코는 오사카의 부인복 제조업체에서 파트타임으로 일하고 있었다. '파스칼'이 그 회사의 브랜드명이라는데 에이코 말에 의하면, '성인 여성의 기품' '일하는 여성을 위한 디자인' '상급 관리직 여성에게 어울리는 지적인 엘레강스'라는 것이 캐치프레이즈인 모양이었다. 오사카 남부 스오마치 일각의 빌딩 1층에 회사의 직영 매장이 있었다. 미도스지에서 조금 들어간, 통칭 유럽촌의 한 모퉁이. 널찍한 쇼윈도 너머로 매장 안이 훤히 들여다보였다. 에이코는 그곳에서 자사 제품을 입고 손님을 응대하는 이른바 하우스 마네킹인 모양인데, 쉽게 말해 판매 사원이었다. 특별할 것 없는 파트타임 일이었다.

'어차피 며칠 못 가 관두겠지.'

신이 나서 일하러 다니기 시작한 아내를 보며, 다츠노는 처음엔 그렇게 생각했다. 아내는 효고 현의 산골 마을 출신으로 니시노미야의 작은 맨션에 사는 것만 해도 '큰 출세'라며 기뻐하는 여자였다. 오사카나 고베 거리를 나다닌 적도 없고, 뭘 사더라도 늘 근처 역 앞의 상점가를 애용했다. 옆 동네 아시야만 해도 눈부시게 화려한 쇼핑센터 건물이 최신 패션을 과시하고 있지만, '저렇게 값비싼 곳은 나와 상관없어. 내 분수에 맞지 않아'라고 겁을 내며 멀리했다(그런 주제에 눈요기 삼아 보고 다니는 건 여자의 체질상 좋아하는 모양이지만). 가끔 튀어나오는 고향 사투리를 창피스러워하고, 남들 앞에 나서기 싫어하고, 남편인 다츠노보다 훨씬 큰 키가 부끄러워 구부정하니 안짱걸음을 걷고, 언제든 남편을 앞세우고 남편 허락 없이는 아무것도 못하는, 완전히 남편에게 의지하는 아내…… 그게 바로 에이코였다.

그러던 그녀가, '내 물건은 내 손으로 사고 싶어'라는 야심과 욕망에 눈을 뜬 후론 하루가 다르게 변모하고 있었다. 별것도 아닌 파트타임 일이 어쩌다 얻어걸린 것을 기뻐하며 열심히 다녔다.

이 오사카 도시 한복판으로 나간다는 것부터가 애당초 집밖에 모르는 전업주부였던 아내에게는 엄청난 체력 소모가 아닐까. 다츠노는 그렇게 생각했다. 체구가 큰 여자 중에는 (남자도 그렇지만) 의외로 체력이 약한 사람이 많다. 다츠노처럼 작은 사람이 오히려 다부지고 건강했다. 따라서 다츠노 딴에는 아내가 날마다 대중교통에 시달리며 출퇴근하는 것을 견뎌낼 수 있으려나 걱정했는데 정작 본인은 너무도 태연했다. 다츠노의 걱정이 무색하게 에이코는 코웃음을 쳤다.

"당연하지. 내 체력은 걸어서 다져진 거니까. 전철비며 버스비 아끼려고 웬만한 곳은 다 걸어 다녔어. 걷는 일이라면 당신한테 지지 않아."

아내는 요즘 '아름다운 대화법을 익히는 교실'이라는 곳에 다니면서 고향 사투리를 추방하고(어미 하나하나에 채 쫓아버리지 못한 억양이 남아 있긴 해도), 오사카 사투리를 넘어 표준어를 구사하게 되었다.

거기에 그치지 않고 빈정대기까지 했다.

"내가 왜 그렇게 터벅터벅 걸었을 거 같아? 버스비를 아껴 내 파마 값을 번 거야. 당신이 주는 생활비가 적었다는 게 아니야. 내 몫의 용돈이 없었던 거지. 생리대 살 돈조차 모자랄 지경이었다고."

"그럼, 진작 말을 하지 그랬어. 내가 뭐 노랑이 구두쇠도 아니고."

뜻밖이었다. 다츠노의 집에서는 결혼 이후 관습적으로, 다츠노가 집안 경제를 꾸려가고, 생활비 외의 비용은 그때그때 필요할 때마다 아내에게 내주었다. 그걸 두고 서구식이니 뭐니 하는 회사 사람도 있지만, 다츠노는 서

구의 가장들이 어떻게 생활하는지 알지 못했다. 결혼 초부터 아내는 월급을 봉투째 갖다 줘도 어떻게 해야 할지 모르겠다며 막막해했다. 겁 많고 자신감 없고 세상 물정 모르고 매사 다츠노에게 물어보지 않고선 아무것도 못하는 아내는 차라리 일정 금액을 주고 그 범위 안에서 요령껏 쓰라고 지시받는 편이 마음 편해 좋다고 했다. 15~6년째 그리해 와놓고 이제 와서 '생리대 살 돈조차 모자랐다'고 원망 섞어 말할 건 뭐람. 다츠노는 자기 입으로 말했듯이 구두쇠는 아니다.

지금이니까 하는 말이지만, 딱히 아내를 사랑하는 것도 홀딱 반해 있는 것도 아니다. 다츠노가 사랑하는 건, 비록 어수룩해도 온순한 아내와 함께 영위하는 가정의 평안이다. 맘 편히 쉴 수 있는 보금자리 말이다. 그리고 아내는 그 안에 포함된 세트의 일부이다.

하지만 그 보금자리 중 한 세트가 이제 와서 '생리대 살 돈조차 모자랐다'며 원망 섞어 말할 줄이야…….

"그럼 그렇다고 말을 하지. 내가 구두쇠도 아니고, 말하면 줬을 거 아니야."

"말할 수 있었다면 고생도 안 했겠지! 왜 그런지, 말할 수 없었단 말이야!"

아내는 몸부림치며 분한 듯이 말했다.

그것도 다츠노에게는 놀라운 일이었다. 반박하는 아내라니.

"왜 말을 못하는데?"

"왜냐면…… 그런 말을 들어줄 사람이 아니라고 생각했단 말이야. 말하는 게 두려웠어. 지금 생각하면 바보같았지 뭐야. 아내가 자기 몫의 용돈을 요구하는 건 당연한 일인데, 난 속으로만 끙끙 앓고 망설였던 거야. 분해 죽겠어."

아내는 예쁘게 그린 눈썹을 씰룩이며 빨간 입술을 일그러뜨린 채 15~6년 동안의 속앓이를 단숨에 분출하는 듯이 말을 뱉었다. 하지만 다츠노는 구두쇠가 아니라는 증거로, 아내가 갖고 싶어하는 옷이며 가구를 그때그때 사주었고, 아내는 그때마다, '에? 정말 사주는 거야? 이야, 좋아라!' 하고 마냥 기뻐하지 않았던가.

생리대 한 통이 얼마나 하는진 몰라도, 내가 그깟 일로 뭐라 할 사람이냐고. 사람 잘못 봤어.

"내가 화나는 건, 망설이며 말하지 못했던 나 자신에 대해서야. 왜 그런지 말할 수 없다고 단정 지어버린, 그 왜 그런지에 난 매여 살았어."

추상론은 다츠노, 아니 남자들이 좋아하는 분야가 아니다. 남자들은 자신의 아내와 추상적인 의견을 나누려 들지 않는다.

"뭐든 좋아. 파트타임 일을 하든 뭘 하든 상관없지만, 집안일은 소홀히 하지 않길 바랄게."

"기왕 일하는 거, 정직원이 되고 싶어졌어. 그 점을 좀 인정해줬으면 해."

아내는 또다시 반박했다.

"우리 회사, 도중에 정직원으로 승격시켜주는 모양이야, 마흔 살까지는. 게다가 점장 말이, '파스칼' 옷이랑 내 분위기가 딱 맞는다는 거야. 새우등도 안짱걸음도 나만큼 완벽하게 교정한 사람이 없다며, 칭찬했다니까?"

"인사치레로 하는 말에 좋아하기는. 당신한테 딴마음이 있을지 몰라, 그 녀석."

집밖에 모르는 전업주부는 무엇보다 남자의 칭찬에 약하다고 하지 않던가.

"어머, 우리 점장, 여자야. 우리 회사는 상품기획부장도 판매촉진과장도 전부 여자라고."

아내는 업신여기는 듯이 말했다. 게다가 일 좀 했다고 벌써 귀속의식이 생겼는지 '우리 회사'라는 소리가 자연스럽게 나왔다. 거기에는 자랑 비슷한 울림이 있었다.

"나, 의외로 지금 일, 적성에 맞는다는 걸 깨달았어. 여태 일한 게 아까워서라도 그만둘 수 없어. 어떡해서든 정식 직원이 될 생각이야."

아내는 출근복도, 집에서 막 입는 옷도 전부 '파스칼'의 직원 할인을 받아 구입했다. 하얀 면·마 혼방의 널찍한 드레스 따위를 몸에 두른 아내는 천장이 낮은 맨션 방에서 보면 안 그래도 큰 키가 한층 더 커 보였다. 구부정한 자세가 교정되어서 뿐만 아니라 그동안 키도 더 자랐나 싶어 다츠노는 눈을 비비고 보았다.

"당신, 도대체 진짜 키가 얼마야?"

"흐음."

아내는 다츠노를 곁눈질로 보며 말했다.

"지금이니까 하는 말인데, 172센티미터야."

"당신, 나랑 선보던 날, 166~7이라고 하지 않았어?"

"그땐 큰 키가 약점이었으니까. 시골에 살 때 '전봇대'라는 소리를 듣는 게 죽을 만큼 싫었거든. 창피해서 낮춰 말한 거야. 왜 그런지, 창피했어. 지금 생각하니, 그 왜 그런지 때문에 화가 나."

이제 와서 나한테 화를 낸들 어쩌랴.

"그러니까, 당신한테 화내는 게 아니라잖아. 나 자신한테야. 나 요즘, 옛날의 나 자신에게 화가 날 때가 많아. 왜 그리 벌벌 떨었을까, 하고. 왜 그런지, 겁을 냈어."

남자는 예전의 자신에게 화를 내거나 하진 않는다. 그럴 짬도 없거니와 이제 와서 일일이 옛날을 성찰하거나 반성하진 않는다.

뭐, 왜 그런지고 뭐고 다 좋다. 아내는 '우리 회사'를 자랑하고, 계속해서 다양한 자랑거리를 찾아내어 나날이 자신감을 더해갔다. 큰 키에 자신감을 갖고 구부정한 자세에서 완전히 벗어나게 되었다. 그뿐 아니라 이것도 자신감의 하나인데, 이제는 오사카의 번화가를 제 세상인 양 헤집고 다니게 되었다. 이전에는 집 근처 역 앞의 북적북적한 상점가만으로 만족하던 사람이 지금은 오사카 남부의 번화가 한복판, 사통팔달을 자유자재로 거닐며 도회지 사람이 된 양 말했다.

"여보, 미나미의 아메리카촌에 '호텔 웨스트코스트'라는 푸치 호텔(설비나 식사 등이 알차고 세련된 소형 호텔-옮긴이)이 있는데, 당신 알아?"

내가 알게 뭐람. 근무지가 도쇼마치인 까닭에 다츠노의 생활권은 오로지 오사카 북부 지역이다. 그나마 기타

신치는 비싼 동네라서 소네자키 방면의 술집을 이용한다. 마흔서너 살 나이답게 오뎅 바나 꼬치구이집, 즉 포렴이 쳐진 선술집을 선호한다. 그런 곳에 웨스트코스트니 푸치 호텔이 있을 게 뭐냐고.

"거기, 지중해 요리가 맛있거든. 손님한테 숙박 할인권도 받았는데 한번 이용해볼까?"

"한 시간이면 집에 오는데, 뭐가 아쉬워서 거기서 잠을 자?"

"느긋하게 마실 수 있잖아? 아침 다섯 시까지 영업하는 가게가 늘었어. 나, 한번쯤은 밤새도록 2차, 3차 옮겨 다니며 마셔보고 싶단 말이야."

이건 또 무슨 소리람.

예전의 아내는 맥주 한 모금도 입에 대지 않던 사람이었다. 집에 찾아오는 손님에게는 맥주를 권하면서 정작 본인은 무서운 거라도 되는 양 부엌에 숨어 나오지 않았다. 그런데 지금은 어쩌다 늦게 귀가하는 날이면 발그레하니 술기운이 도는 얼굴로 기분 좋게 들어왔다.

"우리 회사, 다들 술이 센 거 있지? 나도 내가 이렇게 잘 마시는 줄 미처 몰랐어."

다츠노도 몰랐다.

아내는 일요일에는 격주로 일을 쉰다. 마침 쉬는 일요일, 저녁 준비를 하고 있는 아내를 보니, 우선 캔맥주를 푸쉬! 하고 따서는 잔에 따라 가지고 부엌에 서는 것이 아닌가. 그러고는 맥주를 쭈욱 들이켜고 한편으론 프라이팬에 무언가를 볶기 시작한다. 소금과 후추 양념을 흔들어 넣고 계속 볶아가며 또 한 번 맥주를 쭈욱 들이켠다. 프라이팬의 볶음요리를 접시에 담고, 연기를 피워 올리며 고기를 볶기 시작한다. 그 사이에 두 캔째 맥주를 딴다. 고기를 볶으면서 맥주를 들이켠다.

호쾌한 주법이라고 해야 하나, 요리법이라고 해야 하나. 아내는 부끄러워하는 기색 없이 식탁에 접시를 척척 늘어놓았다. 얼굴빛 하나 변하지 않았다.

술고래 아니야?

다츠노는 내심 놀랐다. 172센티미터의 장대한 체구, 군살은 없지만 서른여섯이라는 나이(이제 곧 서른일곱이 될 터)답게 가슴과 엉덩이도 풍만했다. 그런 몸에 캔맥주 한두 개는 본인이 생각하기에 입가심 정도로밖에 여겨지지 않는 걸까. 다츠노는 그렇게 묘한 구석에서 납득하고 공감하기도 하면서 한편으론 이렇게 큰 여자가 발그레한 얼굴로 들어올 정도가 되려면 대체 얼마나 많은 양을 마서야 하나 생각했다.

나 모르는 데서 대체 뭘 하고 다니는 건지.

어디 어디 복어 요리가 맛있네, 서양 정식이 어떻네 하면서 아내는 새로 입수한 지식을 정신없이 늘어놓았다. 분명 가족 간의 대화 내용이 새로워지긴 했지만, 그렇다고 그것이 다츠노에게 유쾌하다는 건 아니었다. 불쾌하달 정도도 아니었지만.

다츠노는 그저, 아내의 변모하는 모습에 압도당하고 있을 뿐이었다. 그리고 곰곰이 생각했다.

남자는 부끄러워서라도 이렇게까지 변하진 못하는데……

바야흐로 다츠노는 '부끄러움'이라는 것이 인간 최고의 덕목인 듯한 생각마저 들었다. 남자라면 내내 사투리를 쓰다 어느 날 갑자기 낯간지럽게 표준어로 바꿔 말하거나 하진 않는다. '내캉 무신 상관이 있다꼬' 하는 식의 사투리가 갑자기 기름독에 빠졌다 나온 양 매끄러운 표준어로 바뀌는 심정을 알 길이 없다. 자기가 듣기에도 부끄럽지 않나?

다츠노는 한때 "그 말투, 어떻게 좀 안 돼?"라고 말해 본 적이 있다. 하지만 모처럼 돈 들여가며 '아름다운 대

화법을 익히는 교실'에도 다니고, 점장도 우리 가게에는
품위 있는 손님들이 오기 때문에 지금 분위기가 딱 좋다
는데, 천신만고 끝에 몸에 익은 말투를 이제 와서 바꿀
생각은 없다고 아내는 주장했다. 부끄러워하는 기색은
눈곱만큼도 없어 보였다. 득의양양하게 표준어를 입에
올리고, 하루가 다르게 변하여 이제는 자유자재로 구사
하는 데 어려움이 없어 보였다.

하지만 다츠노는 그런 아내의 모습이 시간이 지나도
도무지 익숙해지질 않았다.

여자와 남자는 이렇게 다르구나.

이런 감상만 깊어질 뿐이었다.

아내는 눈에 띄게 아름다워지고 있었다.

"입고 싶은 옷이 너무 많아서 걱정이야."

아내는 매일같이 이런 소리를 해가며, 할인가로 구입
한 옷을 이것저것 바꿔 입고 나갔다. 화장 솜씨도 늘고
액세서리도 다양해졌다. 저래서야 많지도 않은 급여를
다 날려버리는 게 아닐까 싶은데 무엇보다 아내는 자신
을 가꾸는 일에 푹 빠져 있었다. 아름답게 변신하기 위해
물불도 가리지 않고 부끄러움 같은 건 물론 모르는 눈치
였다.

집 안에만 틀어박혀 지내던 사람이었으니 무리도 아니 겠지만, 아내의 대변신은 그것 말고도 또 있었으니,

"우리 회사는……."

이렇게 시작하는 자랑 문구였다. 처음 세상에 나가, 천 진하게 회사 자랑을 하고 있다니. 어차피 파트타임 아닌 가. 다츠노 생각은 그렇지만, 진지하고 올곧은 여자의 체 질상 임시 직장에도 마음을 의지하지 않으면 안 되는 모 양이었다.

회사 방침이니 사풍이니 사장의 성공담이니, 게다가 저명한 남성 디자이너에 관한 소문에서부터 패션 동향에 이르기까지 아내는 직장에서 입수해온 뉴스를 신이 나서 바지런히 재잘댔다. 말하는 중간 중간에, "우리 회사 는……"이라는 소리가 끊임없이 들어갔다. 월급쟁이인 다츠노로서는 아내의 그런 기분을 이해 못하는 것도 아 니지만, 이것도 남자에게는 일종의 '부끄러움'인데 아내 는 거리낌이 없었다.

그동안 사회생활을 하지 않았던 사람이니 무리도 아니 지만, 다츠노로서는, '여자가 변모할 수 있는 것은 부끄 러움을 모르기 때문이다'라는 결론에 도달했다.

아내는 최근 들어 영어회화를 배우고 싶다는 의욕에

차 있었다. 이건 또 무슨 소리람. 얼마 전까지만 해도 '내 사마' '그러니까네' 어쩌고 하던 주제에 뭔 놈의 영어야! 하고 다츠노는 생각했다.

"대체 언제 다니겠다는 거야? 일 마치고 나면 집에 오기도 바쁜데 학원 갈 시간이 어디 있다고."

"일주일에 한 번, 두 시간 정도 늦어지는 건데 뭐."

"안 돼. 노보루도 아직 중학교 1학년이잖아. 엄마 손이 많이 가는 시기인데, 집 너무 비우지 마."

"노보루는 내가 알아서 잘 챙기고 있어. 그러면 당신이 영어회화 가르쳐줄래?"

내가 무슨 영어를 할 줄 안다고.

"당신, 대학 나왔잖아. 읽고 쓰는 건 될 거 아니야?"

표면상으로야 그렇지만, 속사정은 다르기 마련이다. 요상한 데로 사람 끌고 들어가지 말라고.

"그럼, 나 영어회화 교실에 다닐래. 앞으로는 외국인 손님도 올 거고, 이거 우리 회사의 방침이기도 하거든. 영어가 되면 정직원으로 승진하는 데 유리할지도 몰라."

아내가 하는 일이니 어쩌면 의외로 순조롭게 영어회화를 익히게 될지도 모르겠다는 생각이 들었다. 이것도 여자에게는 부끄러움이 없기 때문에 가능한 일이다. 부끄러워한다든지 하는 고매한 정신으론 백날 해도 늘지 않는 게 외국어이다. 꼬부랑말에 귀 기울여 그대로 흉내 낸다는 건 군자로서 부끄러워할 일이자 해서는 안 될 일인 것이다.

아내는 물론 군자가 아니므로 즉시 퇴근길에 영어회화 교실에 다니기 시작했다. 밤에도 "Will you?"니 "Do?"니 하면서 복습을 게을리 하지 않았다. 처음에는 아들 노보루의 카세트 플레이어를 빌려 쓰는가 싶더니 결국 전용 테이프리코더를 사들고 왔다.

그 일로 인해 다츠노가 새삼 깨달은 점이 있다. 일을 하면서 생긴 아내의 커다란 변화 가운데 하나는, 다츠노와 사전 상의 없이 물건을 사들인다는 것이다.

언제나, "남편과 상의해보고……" 아니면, "여보, 이거 사자"라고 말하던 사람이, 지금은 스스로 물건을 사게 된 것이다.

바깥일을 시작하고 나서 아내는 맨 먼저 하얀 화장대를 샀다. 언젠가 다츠노를 조른, 한정 특가품 딱지가 붙어 있던 싸구려 화장대가 아니라 앉는 부위에 가죽을 댄 의자가 딸린 묵직한 흰색 화장대였다. 비난 어린 다츠노의 시선에도 아랑곳없이 아내는 마치 개선가를 부르듯이 말했다.

"10개월 할부로 샀으니까 걱정 마. 내 돈으로 산 거야."

그다음은 건조기였다. 아내 말이, 노보루는 지금도 야구에 푹 빠져 사는데 빨래가 큰일이라는 것이었다. 다츠노가 퇴근해 들어와 보니 베란다에 건조기가 놓여 있었고, 그것은 이미 시침 뚝 뗀 얼굴로 돌아가고 있었다.

"이건 꼭 있어야 돼. 나, 이전에 집에 있을 때부터 이게 갖고 싶었어. 하지만 왜 그런지 말이 나오지 않았어."

다츠노는 이 '왜 그런지' 라는 말만 나오면 약해졌다.

"사버린 걸 어쩌겠어."

"맞벌이 가정에는 없어선 안 되는 거야. 봐봐, 없는 집이 없다니까?"

아내는 의기양양한 기색으로 바깥을 가리켰다. 가만 보니 밤에 베란다 여기저기서 소리를 내며 예의 건조기가 세탁물을 돌리고 있었다.

건조기에 그치지 않고, 아내는 맞벌이 가정에 필요한 물건들을 속속 갖추어놓기 시작했다. 직장에서 얻는 정보도 무시 못하겠지만 아무래도 집에서 텔레비전을 벗하던 때의 지식이 축적된 성과로 보였다. 텔레비전을 보는 사람이라면 잘 알겠지만, 실제로 아내는 온갖 쓸데없는 것들을 너무도 자세히 알고 있었다. 아무튼 아내의 박식한 정도가 광범위한 것도 그렇고 얕은 것도 그렇고 텔레비전 정보임에 틀림없었다.

다츠노는 아내의 쇼핑에 대해 처음에는 묵인했지만 어느 시점부터는 남자의 체면이고 뭐고 없이 간섭했다.

"뭘, 얼마나, 몇 개월 할부로 사들이는 거야?"

자꾸자꾸 사들이다가 카드 값도 못 내 파산이라도 하는 날엔 꼴이 말이 아니게 될 텐데. 그러나 검소한 시골 출신답게 아내는 그 점만은 확실하게 관리했다. 요모조모 세심하게 따져가며 나가는 돈을 최대한 억제하는 눈치였다. 그나마 다츠노는 안심할 수 있었다.

또 한 가지, 아내가 시골 사람이라서 안심하는 일이 있다. 아내의 변화가 낮뿐 아니라, '밤에도 일어나면' 곤란하지 않겠는가.

다행히 아내는 낮엔 도회지 사람이지만 밤에는 다시 시골 사람이 되는 듯 이전과 변함이 없다. 다츠노는 아내를 특별히 사랑한다거나 홀딱 반해 있다고는 생각지 않는다. 하지만 젊어서부터 몸집이 큰 여자가 좋았던 건 지금도 변함이 없어서 '시골 출신 아내'를 안는 (혹은 안기는) 것이 좋다. 이것 역시 사랑의 일종인지도 모른다. 넉넉하니 크고 길쭉길쭉한 몸과 팔다리, 마냥 계속되는 희고 따스한 구릉은 지평선이 뭉실뭉실한 것이, 마치 관음상의 배 같다.

게다가 밤에는 시골 아낙네처럼 주뼛거리고, 말뿐 아니라 육체도 우물쭈물하며 어깨를 움츠리는 그 모습이 좋다. 그렇지 않고 밤이 되어서까지 변모하여 부끄러움을 잊은 채, '지금까지 왜 벌벌 떨며 살았을까, 그런 생각을 하면 예전의 내게 화가 나. 왜 그런지 겁을 냈어. 지금 생각하면 정말 바보 같아'라며 갑자기 대담하고 자유분방하게 나온다면 다츠노는 난감해지고 말리라. 잠자리에서 아내가 방자해지는 것을 반기는 남편들도 있을지 모르지만, 다츠노는 큰 여자가 다소곳하니 부끄러워하는 것이 좋다. 이끄는 대로 몸을 내맡기는 그 모습이 못 견디게 좋다.

그렇듯 밤에는 어김없이 시골 아낙네로 돌아오기에 다츠노도 그럭저럭 낮 동안의 변모를 견뎌내고 있지만, 그래도 점차 자신만만해져 가는 아내를 보고 있는 건 그리 달가운 일이 아니다.

다만 아들 노보루의 뒷바라지는 확실하게 하는 눈치

다. 야구부 합숙훈련이 있을 때에는 부모들이 교대로 가서 밥을 지어 먹이는데 당번 날이 돌아오면 아내는 가게를 쉬고 거들러 간다.

아들은 다츠노를 닮았는지 학급에서도 아주 작은 편에 속한다. 성적은 중위권인데 초등학생 때부터 야구에 푹 빠져 산다.

"이제 금세 클 거야. 내가 그랬거든."

아내의 말이다. 아들의 성격은 아내의 경우를 예로 들어 시골형 · 도시형 (아니면 야간형 · 주간형이라고 해야 하나?) 중에서 꼽자면 시골형에 속한다. 아들은 착실하고 수수하며 남들이 보든 안 보든 제 할 일을 알아서 잘 하는 타입이다.

그 아들이 어느 날 울면서 집에 돌아왔다. 사연인즉 야구부 선생이 연습에 성실하게 참여하는 사람을 시합에 내보낸다고 해서, 아들은 아침 훈련 한 번 거르는 일 없이 착실하게 연습을 했다. 그런데 막상 뚜껑을 열고 보니, 번번이 연습에도 나오지 않던 학생이 선수로 뽑히는 바람에 아들은 풀이 죽어 돌아온 것이다.

"나, 이제 야구 그만둘 거야."

아들은 분노로 씩씩대며 눈물을 흘렸다.

다츠노는 자신이 어릴 적에도 그와 비슷한 일이 있었던 것을 떠올리며, "바보 같으니. 남자가 울면 쓰냐?" 하고 아들의 등을 툭 쳐주었다.

"세상이란 게 그런 거야. 뭐든 내 뜻대로 되는 게 아니라고."

"선생님이…… 선생님이……."

아들은 흐느껴 울기 시작했다.

"그만 됐어. 어쩔 수 없잖아. 그런 일이 얼마나 많은데. 끙끙 앓을 거 없어. 뭐든 내 뜻대로 된다고 생각하는 게 잘못이지."

"그래도 그건 너무했어."

아내가 격분했다.

"약속이 틀리잖아. 선생님이 거짓말을 하면 곤란하지. 잘못을 바로잡아야 해. 아이들한테 불신감을 심어준단 말이야."

다츠노는 딱히 교사의 역성을 들자는 건 아니지만 '어쩔 수 없잖아'라는 삶의 방식에 동의할 수밖에 없는 구석이 있다. 교사도 거짓말을 하려고 한 게 아니라, 시합을 염두에 두고 보니 '어쩔 수 없잖아'가 되어버렸을 것이다. 회사의 비즈니스에도 그런 상황이 있다. 딱히 실수를 저지른 것도 아닌데 불리한 제비를 뽑아 좌천되는 사람이 있다. 세상은 '어쩔 수 없잖아'의 연속이다. '잘못을 바로잡아야 해'로 통한다면 다행이지만, 그게 통하지 않으니까 '어쩔 수 없는' 것이다.

이튿날 밤, 다츠노가 퇴근해 돌아와 보니 아들은 밝은 표정이고, 아내도 기분 좋게 캔맥주를 마시며 저녁 준비를 하고 있었다.

"오늘 잠깐 조퇴하고⋯⋯."

아내는 두 캔째 맥주를 잔에 따르고, 푹 삶은 스튜를 국자로 휘저어가며 맥주를 쭉 들이켰다.

"선생님 찾아갔었어."

"왜?"

"그야, '약속을 어기면 사춘기 아이가 상처 입지 않겠어요?'라고 말하러 갔지. 다행히 선생님이 알아들으시고 자기 생각이 좀 짧았다고 하셨어."

아내는 다츠노에게 작은 목소리로 말했다.

"나, 공들여 화장하고 아주 예쁘게 차려입고 갔거든. 상냥하면서도 섹시하게, 상급관리직 여성 풍의 지적인 엘레강스, 성인 여성의 기품으로 밀어붙였어. 선생님과 대화가 잘 통해서 즐거웠어."

"지적 엘레강스고 뭐고 다 좋다만, 아들은 어떻게 됐다는 거야?"

"아, 그거? 다른 아이를 빼고 노보루가 선수로 나가게 됐어."

그렇다면 '다른 아이'가 '어쩔 수 없잖아'의 희생양이 됐다는 건가? 그건 그렇고, 이 사람은 대체 어디까지 설치고 다니는 건지, 다츠노는 아내의 변모하는 모습에 차츰 두려움을 느끼기 시작했다.

그러고 나서 얼마 지나지 않은 어느 날 밤의 일이었다.

다츠노가 퇴근해 돌아와 보니 이번엔 아내가 이성을 잃고 울고 있는 게 아닌가. 설마 아내가 야구 선수가 되고 싶은 건 아니겠지.

다츠노는 울고 있는 아내를 위로하거나 왜 그러냐고 물어봐 주는 남자가 아니다. 성가셔서 싫다는 생각이 먼저 드는 이기적인 남자다. 혹여 자신을 원망하여 울고 있는 게 아닌가 싶어 무뚝뚝한 얼굴로 상의를 벗어 옷걸이에 걸고 있는데,

"여보."

아내가 심하게 울먹이는 목소리로 다츠노를 불렀다.

"내, 회사 짤릿다! 우리 회사!"

오랜만에 듣는 사투리였다.

"정직원 시켜준다는 미끼로 실컷 부려먹고는, 파트타임이니까, 이제 내일부터 안 나와도 된다꼬, 쉽게도 말하드라! 내사마, 화나고 억울해서 정말 몬살겠다!"

다츠노는 '그것 보라고'라는 말이 나올 뻔했지만 입밖에 내지 않았다. 표현은 하지 않지만 다츠노는 내심 여자를 얕잡아 보는 경향이 있었다. 눈부시게 변모하는 모습에 잠시 눈을 빼앗기긴 했지만 지금 아내의 이야기를 듣고 보니 '그것 보라고'라는 생각이 절로 들었다.

역시 여자는 어수룩해.

"그런 거야, 회사라는 데가. 세상은 만만한 곳이 아니라고. 어쩔 수 없잖아. 뭐든 내 뜻대로 될 거라 생각하면 오산이지."

다츠노는 별반 열의 없는 어조로 아내를 위로했다.

세상 일이 그리 만만한 줄 알아? 저 하고 싶은 대로 살면서 마음껏 변모할 수 있는, 그런 방자한 세상이 어디에 있다고. 여자는 본래 세상을 너무 쉽게 본다니까. 그렇게 마냥 깡충거리며 살아갈 수 있는 거라면 남자도 진즉에 까불거리며 돌아다녔겠지.

"뭐, 그리 풀 죽어 있을 것 없어. 다음에는 좀 더 수수한 일을 해봐. 슈퍼마켓의 계산원이나 빵집 점원 같은. 화려한 곳에 다니느라 당신 너무 들떠 있었던 거 아니야?"

아내는 어느새 눈물을 닦고 다츠노의 말을 조용히 듣고 있었다.

그 다음다음 날 밤, 다츠노가 퇴근해 돌아와 보니 프라이팬에서 한가득 연기가 피어오르고, 큼지막한 비프스테이크가 구워지고 있는 옆에서 아내가 캔맥주를 마시고 있었다.

"나, 다른 가게에 채용됐어."

아내는 득의양양해질 때면 가히 미인이라고 해도 좋을 만큼 얼굴빛이 맑고 아름답다.

"저번과 비슷한 부인복 메이커인데, 내일부터 나와 달래. 전보다 시급도 세고, 게다가 신자이바시야."

아내는 두 캔째 맥주를 물처럼 꿀꺽꿀꺽 마셨다.

"내 분위기가 '마리안'에 딱 맞는대. 아, 이건 이번에 일하게 된 곳의 브랜드명. 해보면 길은 여기저기 있기 마련이잖아? 당신처럼 '어쩔 수 없잖아'라느니, '세상은 만만하지 않아'라는 소리만 하고 있다간 아무것도 못한다고, 바보 같으니."

그런가? 하고 다츠노는 속으로 중얼거렸다. '유모 일
을 다니면서 남편을 조금 고까운 눈으로 본다' 라는 센류
가 떠올랐다. 역시 '당신이 대장' 이라는 말은 아내에게
바치고 싶다.

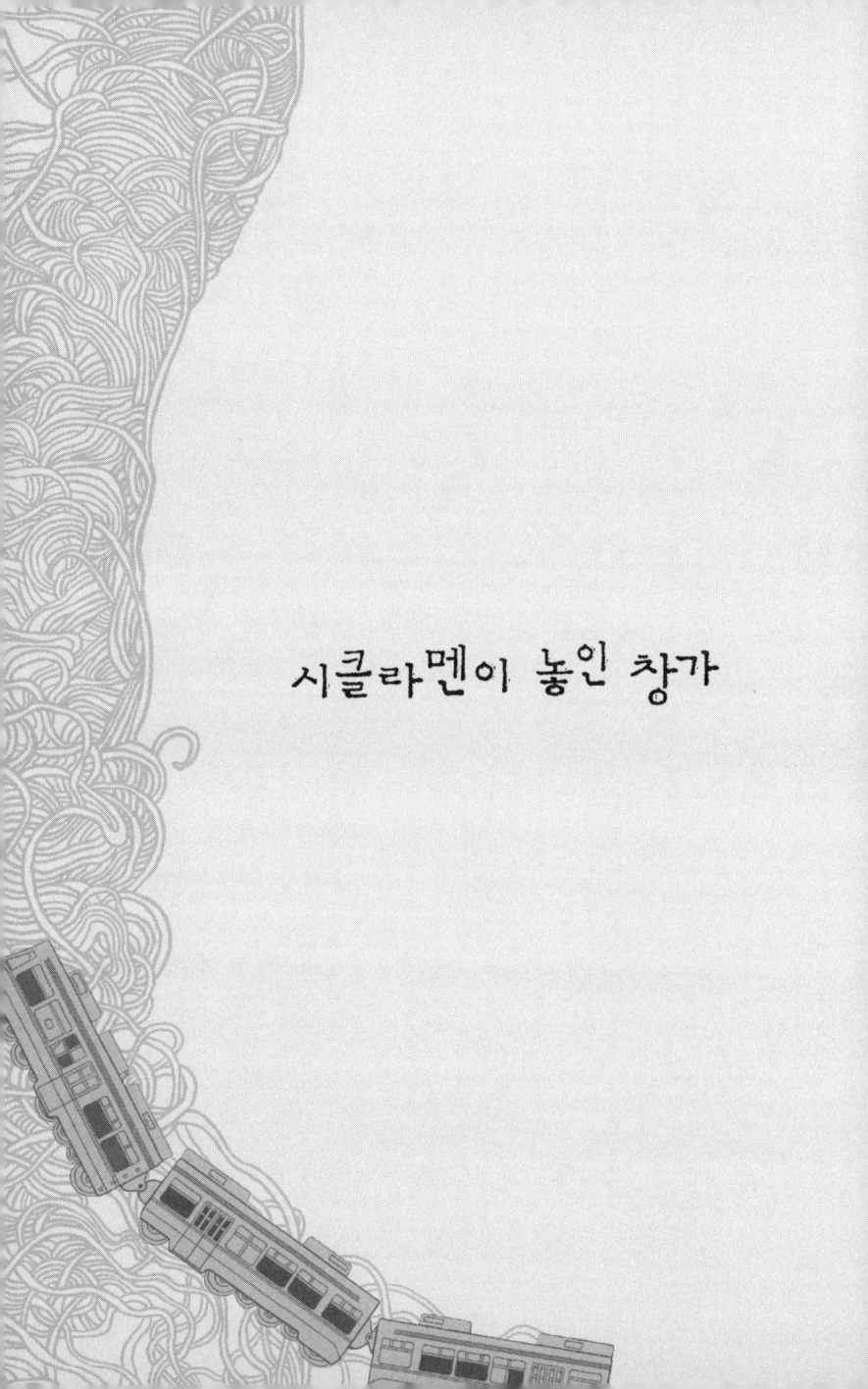

시클라멘이 놓인 창가

역이 가까워질 때쯤 교외의 민영 전철이 속도를 줄이고 진입로의 급커브를 돌며 선로에 바싹 붙어 서 있는 집들의 처마를 아슬아슬하게 스치듯 지나간다. 이윽고 전철이 역으로 미끄러져 들어가면, 플랫폼을 가리는 듯한 간판들로 인해 집들은 더 이상 보이지 않는다. 산부인과, 금융 업체, 새우 요릿집 따위의 간판이 이어지고, 천장이 끊긴 플랫폼 바로 앞에 쇼핑센터 건물이 우뚝 서 있다.

좀 전의 커브 구간을 돌기 직전, 선로 변에 복작복작 들어서 있는 민가 쪽으로 차체가 기운다. 그중 한 단층집, 하얀 레이스 커튼이 곱게 접힌 출창 한구석에 꽃 화분 하나가 놓여 있는 것이 보인다.

겨울부터 봄까지는 시클라멘, 여름과 가을에는 베고니

아 혹은 제라늄. 그런데 언제 보아도 늘 빨간 꽃들이다.

남향인 데다 앞이 선로이다 보니 시야가 트이고 볕이
잘 들어서 꽃 화분을 그 출창에 놓아두는 것이었다. 그런
데 그 꽃이 전철로 오가는 이들의 눈을 즐겁게 해주었으
리라곤 루리는 꿈에도 생각지 못했다.

집 안에서 바라보면 질주하는 전철의 차창과 출입문
너머로 사람 그림자가 비치긴 하지만, 한순간일 뿐 딱히
마음에 담아두는 일도 없었으므로.

이 집에 루리 혼자 산 지 벌써 10년이었다. 어머니가
돌아가신 후, 이웃 잡화점에 집터의 절반을 팔고, 세금을
제하고 남은 돈으로 혼자 살기에 마침맞은 아담한 집을
새로 지었다.

평생 혼자 늙어가리란 마음을 굳히고 있었기 때문에 2
층은 올리지 않고 단층집으로 지었다. 계단 오르내리기
조차 힘에 부치고 위험해질 나이가 분명 닥쳐올 것이다.
그것을 루리는 냉정하게 내다보고, 작은 욕실이며 부엌
모두 '노인이 생활하기에 편리하게'에 중점을 두어 설계
를 의뢰했다. 방마다 턱을 없애고 침실용 화장실을 따로
마련했다. 도둑이 든다든지 하는 위기 상황이 닥쳤을 경

우, 집 밖으로 피신할 수 있게 침실에 비밀 탈출구를 만들었다. 유리창에는 쇠창살을 달고 자물쇠는 이중으로 설치했다. 장난 전화는 곧바로 차단할 수 있도록 벨이 울리지 않게 조작 가능한 전화기로 바꾸었다. 날이 어두워지면 실내의 전등이 자동으로 켜지게끔 장치해놓은 것도 최근 1~2년 사이의 일이었다.

돌아가신 어머니는 선로 변의 이 집을 오래도록 마땅찮아했다. 아버지도 잠시 살다 옮길 요량이었던 듯하다. 하지만 생전의 사업인 타월 도매상의 경기가 신통찮아 결국 도부이케(井池)의 가게를 접고 월급쟁이로 일하면서부터는 교외 전철이 지나는 선로 변의 이 집에 그대로 눌러 살게 되었다.

밤낮없이 이어지는 전철의 진동에 어머니는 노상 푸념을 늘어놓았는데, 그나마 아버지가 병으로 돌아가실 무렵에는 포기하고 옆 동네로 파트타임 일을 나갈 만큼 활기를 찾았다. 무엇보다 역에서 가까운 게 최고지, 라며 기뻐했다. 그 무렵에는 루리도 회사에 다니고 있었다. 생명보험 회사에는 워낙 여직원이 많고 정년까지 근무하는 사람도 적지 않아서 마음 편했다. 그러다 지가(地價)가 점차 오르면서 이런 데서도 한 평에 얼마 얼마…… 하는 소리가 들려오자, 어머니는 다시금 어딘가 조용하고 고급스러운 교외로 이사 가 살고 싶다는 바람을 입에 올리게 되었다. 하지만 그러자면 보통 일이 아니지 싶어 모녀 모두 생각뿐 엄두를 내지 못했다.

하지만 어머니마저 돌아가시고 나자 루리는 싫든 좋든 손을 댈 수밖에 없었다. 당장 내야 할 세금만 해도 만만치 않았던 것이다.

이참에 토지를 팔아 새로운 곳으로 옮기자는 생각도 안 한 것은 아니었지만, 부모님의 추억이 깃든 곳인 데다 역에 가깝다는 것, 그 역에서 전철을 타면 오사카까지 20분밖에 걸리지 않는다는 점이 매력으로 다가와 그 자리에 그냥 새로 집을 짓고 살기로 했다. 양 이웃에 있는 잡화점 '아카네'와 중국 음식점 '메이로켄' 모두 오랜 정이 들었고 속을 알 수 없는 낯선 동네로 이사하는 것도 내키지 않았다.

한때 땅 투기꾼들이 찾아오는 등 이런저런 일이 있었던 모양이지만 경기 후퇴와 함께 그런 소문도 점차 수그러들었다.

정년퇴직 후, 오사카의 부티크 '이레네'에서 근무한 지도 벌써 4년이 되었다.

부티크 '이레네'는 오사카 남부의 유럽 거리로 불리는 스오마치와 타다미야마치 변 한 귀퉁이의 빌딩 1층에 자리하고 있었다. '이레네'에 루리를 소개해준 이는 유럽 여행 때 알게 된 여성이었다. 루리도 그녀도 단신으로 여행에 참가한 터라 한방을 쓰게 되면서 친해졌다. 둘 다 독신인 데다 직장에 나가고 있다는 것을 알게 되어 여행 기간 동안 완전히 막역한 사이가 되었다. 나이도 비슷했는데 그녀는 아직 부모님 밑에서 살고 있었다. 쾌활한 사람으로 멋쟁이였다. 그녀가 바로 부티크 '이레네'의 고객이었는데 마침 '이레네'의 여사장이 나이도 좀 지긋하고 느낌 좋은 사람을 구하고 있다면서 루리 씨가 적임자 같다며 추천해주었던 것이다.

루리는 정년 후에 마땅히 갈 곳도 없던 차였다. 몸도 아직은 고장 난 곳 없이 건강해서 일할 수 있는 한 계속해서 일을 할 생각이었다. 혼자 사는 여자 선배들 중에는 퇴직금을 몽땅 털어 실버타운에 들어간 사람도 있는데, 규정상 애완동물은 일절 데리고 들어갈 수 없다는 소리에 애지중지하던 개를 남의 집에 보내고(그 대신 두 번 다시 보여줄 수 없다는 말을 들었다고 한다), 귀여운 애완용 새는 자기 손아귀로 꽉 쥐어 죽였다고 했다.

루리는 몸서리를 치며 그 이야기를 듣고, 적어도 자신의 토지와 집이 있는 이상, 여기서 끝을 보자고 새삼 결심했다. 좀 더 지나면 생각이 변할지도 모르지만, 수족관 속에 갇혀 사는 물고기가 되느니 외적과 위험이 많더라도 넓은 바다를 마음껏 유영하는 잔고기가 되겠노라 마음먹었다.

예쁘고 아름다운 옷들이 있는 곳에서 일을 하면 마음도 즐거울 것 같아 한번 가보았는데, '이레네' 사장 마음에 들었던 모양이다. 이레네는 자그마한 가게로 젊은 점원이 한 명 있을 뿐, 여사장은 오사카 북부에도 가게를 하나 더 가지고 있어서 이쪽으로는 나오지 않는 날이 많다고 했다. 그러다 보니 점장을 대신해줄 사람을 구하고 있었던 것이다.

루리가 오래 몸담았던 회사에 마침 여사장의 지인이 있었던 모양으로, 전해 들은 이야기도 있고 해서 루리에게 믿음이 갔는지 바로 채용하게 되었다.

루리는 가냘픈 몸매에 허리가 다소 길어 보이지만 다리가 예뻤다. 민틋하게 내려온 어깨에 목이 길고, 숱은 많이 줄었어도 갈색으로 물들인 머리가 탐스러워 보였다. 귀밑 언저리에서 가지런히 자르고, 예나 지금이나 변함없이 헤어롤로 말아서 볼륨감 있게 컬을 주었다.

피부는 희고 주름도 아직 없었다. 젊었을 때부터 귀찮게 여기지 않고 바지런히 관리를 해왔던 것이다. 그리고 남들에게 대놓고 말한 적은 없지만, 루리는 항상 '정신력'의 문제라고 생각했다.

자그마한 얼굴, 오목조목한 이목구비, 상냥하고 부드러운 표정을 보면 얌전하고 다소곳한 사람 같다 싶겠지만, 루리는 나이에 걸맞게 뻔뻔스러워지고 있었다. 세상을 결코 만만히 보거나 얕본다는 것은 아니었다. 한도 끝도 없이 무서운 것이 세상 사람이며 사물임을 이 나이까지 살면서 피부로 느껴 알기에 오히려 하루하루 살얼음판을 딛는 심정으로 살고 있었다. 그 대신에 어쩔 수 없는 일, 말해봤자 돌이킬 수 없는 일에는 연연하지 않았다. 비판이나 지시도 더 이상 받아들이지 않았다. 노인성 고집이라지만 그래도 '어쩔 수 없잖아……' 하고 뻔뻔스럽게 나갔다.

그것이 남몰래 생각하고 있는 '정신력'인지도 모른다. 비호해주는 이 하나 없는 여자의 홀로살이는 주의에 주의를 거듭해도 모자란다. 큰 돈벌이가 어떻고 돈놀이가 어떻고 하는 소리에도 루리는 대차게 귀 한번 기울이지 않았다. 욕심 부리는 일 없이 견실한 주식과 토지가옥의 권리증 따위를 은행의 대여 금고에 넣어두고, 정기예금 이자로 가끔 옷을 사 입거나 조촐하게 국내여행을 다니곤 했다.

부티크에 나가 일하기 시작하면서 루리는 다시 새로운 인생이 열린 듯한 기분이 들었다. 오사카 남부의 번화가에 부는 바람을 맞고 있노라면, 이 모습 그대로 영원히 나이도 먹지 않고 살 수 있을 것만 같았다.

수입품을 대주는 거래처 남자 직원들도 루리에게 친절했다. 젊은 남자들은 루리를 40대 정도로 짐작하고 있는 모양인데, 연배의 남자들은 역시 보는 눈이 있는지, "쉰은 됐지 싶은데, 그렇게는 안 보입니다. 젊어 보이세요"라는 소리를 곧잘 했다. 그때마다 루리는,

"저요? 서른여덟 살인걸요. 취향이 수수해서 나이 들어 보이지만" 하고 웃었다.

세상에는 당신들이 모르는 일이 쌔고 쌨다니까, 하고 남자들에게 말해주고 싶었다. 여기서 말하는 '세상'이란, '여자의 세계'라고도 할 수 있었다. 루리의 친구들 중에는 마흔다섯 나이인데도 불구하고 스물일곱이라고 속여 어린 대학생과 여러 해 동거했던 여자도 있었다. 그

대학생이 졸업하고 취직을 하면서 이제 슬슬 결혼을 해야 하지 않겠느냐는 말을 꺼내기에 뒤도 안 돌아보고 내뺐다고 했다.

여자란 이승과 저승을 자유로이 오간 명관(冥官, 지옥에서 중생의 죄를 재판하는 관리−옮긴이) 오노노 다카무라(小野篁)처럼 시간을 초월하여 곳곳을 날아 돌아다니는 존재인지도 모른다고 루리는 생각했다.

예순네 살의 루리는 이렇다 할 미용술은 물론 성형수술 한 번 받은 적 없었다. 루리는 그런 짓을 하는 인간을 대놓고 비웃었다. 그것이 노인성 고집이라는 반성은 하지만, '정신력이 없는 탓이야'라고 생각하기도 했다. 그리고 너무 고리타분한 생각이다, 라는 말을 들으면 정색을 하고, '어쩔 수 없잖아, 고리타분한 게 뭐 어때서?'라고 받아쳤다.

요컨대, '나는 내 식대로 사는 뻔뻔한 여자야'라고 루리는 생각했다. 하지만 겉으로 봐선 모를 것이다. 바느질 좋고 재질 또한 나무랄 데 없는 검정 드레스 차림에 연한 검정 스타킹, 검정 단화, 네크라인은 약간 넓게 파서 희고 고운 피부를 드러내고 있었다. 자그마한 다이아몬드가 한 알, 가느다란 황금색 체인에 달려 길고 우아한 목을 타고 내려와 하얀 가슴팍 한가운데에 자리하고 있었다. 물론 진짜 다이아몬드였다. 정년을 무사히 맞이한 데 대한 포상으로 자기 자신에게 선물한 것이었다.

액세서리는 그게 전부일 뿐, 루리는 그 흔한 반지도 귀고리도 하지 않았다. 나이가 들면 아무리 작은 거라도 피부나 마음에 부담이 된다고 여겼기 때문이다. 시계도 브로치형이었다. 손목시계는 손목을 조여 '혈액순환에 좋지 않다'고 믿고 있었다.

한편, 자신은 비록 심플하게 하고 다녀도 젊은 점원에게는 가게의 상품을 직원 할인가로 구입하여 입고 다니게끔 부추겼다. 이른바 걸어 다니는 마네킹과 같은 것으로 고객들의 마음을 움직이는 효과가 있었기 때문이다.

가게는 오후 7시에 문을 닫았다. 젊은 사람들은 먼저 퇴근하고 (오후 3시부터 젊은 점원이 두 사람으로 는다) 루리가 남아 뒷정리를 한 후 가게 문을 닫았다. 사장이 나와 있을 때는 곧장 퇴근하지만 혼자일 때는 야간 금고에 들렀다 귀가 전철에 오르곤 했다. 예전 같으면 츠카다를 만나게 되려나, 하는 헛된 기대도 있었으나 지금 그는 오사카에 없었다. 그 시간대의 전철 안은 낯선 남녀들로 북적였다. 루리는 그 안에 있는 사람들의 모습에 지쳐갔다.

하루 종일 서서 일하는 직장보다 출퇴근길에 마주치는 사람들의 무감동한 얼굴, 까닭 없는 악의에 찬 표정들에서 피로를 느꼈다. 그럴 때면 츠카다가 보고 싶어졌다.

작년 늦가을 무렵, 츠카다가 처음 집에 찾아왔을 때 그는 하얀 시클라멘 화분을 안고 있었다.

루리는 그 일요일, 마침 일을 쉬었다. 어머니 제사에 맞춰 친척들이 절에 모이기로 되어 있어서 하루 휴가를 냈던 것이다. '이레네'의 정기 휴일은 수요일이었다.

저녁 무렵, 집으로 돌아와 보니 웬 남자가 대문 앞에 서서 인터폰을 누르고 있었다. 몇 번 눌러보더니 집 안에서 무슨 응답이라도 있나 싶어 귀를 기울였다. 예의 '자동 장치'에 의해 집 안의 불이 저절로 들어와 있으니 누가 안에 있는 줄 알았던 모양이었다.

초로의 남자로 한쪽 팔에는 근처 쇼핑센터 포장지에 싸인 꽃 화분이 들려 있었다.

하얀 시클라멘이었다.

등 뒤에서 루리가 말을 걸자 남자가 돌아보며, 이 댁에 사시는 분입니까? 하고 물었다. 경쾌한 오사카 사투리였다. 선뜻선뜻 말하면서도 경솔한 투는 아니라서 '제법 마

음가짐이 확고한 나이 대의 남자로군' 하고 루리는 생각
했다. 날이 추워서 얼른 집에 들어가고 싶었지만 낯선 사
람을 안에 들이기도 싫거니와 열쇠로 문을 따는 모습을
보이고 싶지도 않았다.

남자는 딱히 집 안으로 들어갈 생각은 없는 듯 문 앞에
선 채 말했다.

"사실 저는 매일 출퇴근길에 댁의 창가에 핀 꽃을 바라
보며 마음의 즐거움을 누리고 있던 사람입니다. 그런데
일주일 남짓 꽃 화분이 보이지 않기에 여태 없던 일이라
서 무슨 일인가 싶었습니다. 게다가 지금까지는 시클라
멘도 그렇고 베고니아도 그렇고 전부 빨간 꽃이던데, 가
끔은 흰 꽃도 어떨까 싶어서, 주제넘은 참견인 줄 알면서
도 이렇게 가져와 봤습니다."

뜻밖의 이야기에 루리의 머릿속에 맨 먼저 떠오른 생
각은, '별난 사람이네'였다. 워낙에 일본 남자들은 꽃에
별 관심을 보이지 않는데 하물며 바쁜 출퇴근길에 남의
집 창가에 핀 꽃 따위를 바라볼 여유가 있겠나 싶었다.
지금까지 루리에게는 왠지 모르게 남성 불신, 남성 경멸
사상이 자리하고 있었는지도 모른다.

"저는 이런 사람입니다. 아니 뭐, 다른 뜻은 없으니,

괜찮으시다면 이 흰 꽃도 즐겨주시지요. 제가 드리는 감사의 극히 일부분입니다."

남자는 명함을 꺼내 화분과 함께 내밀었다. 명함은 노안경 없이는 볼 수가 없어 루리는 번거로운 마음에, "그럼 사양 않고 받겠습니다" 하고 받아들었다. "빨간 시클라멘은 물을 너무 많이 줘서 시들어버렸거든요. 지금 다른 데에 옮겨놓았는데 얼른 이 화분을 창가에 놓아두겠습니다" 하고 예를 표했다.

남자는 안심한 듯 웃으며 가볍게 인사하고 땅거미에 뒤섞여 사라졌다.

'반올림하여 선량한 사람의 부류에 넣어둔다' 라는 센류를 어딘가에서 읽은 적이 있는데, 루리가 생각하기에 딱 그런 느낌이었다.

나중에 이웃 음식점 '메이로켄'에 라면을 먹으러 갔다 (루리는 여기서 가끔 저녁을 먹는다). 제사는 무사히 마쳤느냐는 주인의 물음에 대답하며, '아까 그 남자에게 라면이라도 한 그릇 대접할 걸 그랬나' 하고 문득 생각했다.

하지만 이내 그 생각을 떨쳐버렸다.

번화한 스오마치 거리에서 일하는 건 좋아하지만 개인적으로 누군가와 교분을 맺는 건 이제 싫었다. 낯선 남자와 마주해야 하는 것도 답답한 노릇이었다. 그대로 헤어지길 잘했다고 생각했다.

그래도 이튿날 아침, 창가의 하얀 시클라멘 화분이 눈에 들어왔을 때에는 전철 차창 너머로 보이는 꽃에 마음을 위로받았다는 그 이야기가 진심으로 다가왔다. 그런 사람도 있을지 모른다는 생각이 들었다.

고맙단 인사라도 해야겠다는 생각에 전날 받은 명함을 들여다보았더니 난바(難破) 방면에 있는 회사로 그리 멀지는 않았다. 전화를 걸어 자신의 이름을 대고, "시클라멘집인데요"라고 하자 "아, 예예" 하는 대답이 돌아왔다. 너무나 무방비하고 정겨운 목소리였다. 루리는 그 목소리와 어조에서 '과연 이런 사람이라면 시클라멘 화분을 안고 낯선 집을 방문할 수도 있겠구나' 하는 생각이 문득 들었다.

"낯선 집은 아닌데요"라고 남자는 말했다. 그날 이후 루리와 그 남자, 츠카다는 일터가 가까워서 이따금씩 만나게 되었다. 이용하는 지하철역이 츠카다는 난바, 루리는 신자이바시였다. 신자이바시 쪽이 교통의 요충지인 우메다에 가깝다 보니 그 부근에서 가볍게 식사를 하고 작은 바(하나같이 건물 안에 들어가 있는 곳)에 들러 목을 축였다.

"낯선 집인 줄 알면서 날마다 오며 가며 보다 보니, 어느새 진즉부터 아는 사람의 집인 양 여겨지더군요."

츠카다의 귀밑털은 거지반 하얗게 새어 있었다. 골프 때문인지 얼굴이 검붉게 그을려 있었는데, 지금은 골프를 그만두었다고 했다. 지금 다니는 직장은 지인이 차린 엔지니어링 회사로 그에게는 두 번째 직장인데, 요즘은 오카야마나 히로시마 쪽에서 들어오는 일이 많다 보니 조만간 히로시마에 지점을 내게 될지도 모르겠다, 그렇게 되면 그리로 가게 될 것 같다는 이야기를 했다.

"뭐, 남자는 죄 구루마 도라지로(車寅次郎, 일본의 인기 코미디 영화 '남자는 괴로워'의 주인공으로 전국을 자유로이 떠돌아다니는 중년 남자—옮긴이) 아니면 다네다 산토카(種田山頭火, 1882-1940, 일본의 천재적인 방랑시인—옮긴이)지요. 정처 없이 떠돌아다니는 인생이에요, 죽을 때까지."

츠카다는 예순여덟 살이라고 했다.

"도저히 그렇게는 안 보이는데요?"

루리는 말은 그렇게 했지만, 연배가 그 정도 되니까 시클라멘 화분 따위를 안고 오는 거라고 생각했다. 더불어 츠카다에게 믿음이 갔다.

"아. 그러는 루리 씨야말로 제 나이로는……."

루리는 왠지 무방비한 츠카다 앞에서는 자신도 덩달아 무방비해져서 실제 나이를 털어놓았다.

"사실 말이지만."

하고 츠카다가 목소리를 낮추었다.

"까짓 나이야, 개인적으로 늘었다 줄였다 하는 거니까, 자기가 생각하는 나이를 각자 알아서 대면 되는 거 아니겠어요?"

루리는 자신보다 더 뻔뻔한 인간도 있구나 싶어 웃고 말았다.

"게다가 인간이 제대로 사는 건 예순 넘어서부터라고 생각합니다."

"제대로라……."

"세상 사람들의 복잡다단한 사정을 알게 된다는 거죠. 인생의 달인이란 말은 개인적으로 별로지만, 예순을 넘기고 보니 그 어떤 일도 일어날 수 있는 곳이 세상임을 깨닫습니다. 그것을 저는 인생의 갖가지 복잡한 사연을 이해한다, 라고 말하는 거죠. 그걸 알려면 예순은 넘어야 한다고 생각지 않아요?"

츠카다는 공무원이나 교사 출신과 달리 말도 자유자재로 구사하고 생각한 것을 바로바로 이야기하는 훈련도 잘 되어 있는 것 같았다. 이 또한 업무로 다져진 장사꾼 감각인지도 모른다. 루리는 구시대 사람이라서 '사농공상(士農工商)'이라는 옛말을 항상 듣고 살았지만, 사실 인간적으로는 휙 뒤집어서 유연하고 거침없는 '상(商)'을 최고로 쳤다. 도부이케 상인을 아버지로 둔 탓일까. 아버지는 장사꾼치고는 사람이 너무 좋아서 가게를 날리고 말았지만⋯⋯.

"나는 창가의 그 꽃을 보면서, 저 집에는 신혼부부가 살고 있으려나? 하고 생각했어요. 커튼도 늘 예쁘고 생활에 탄력이 있어 보여서."

"저, 결혼은 한 번도 못하고 말았는걸요. 신혼집으로 오해받은 것만으로도 기쁘네요."

"못하고 말다니, 그런 소리 말아요. 앞으로 또 어떻게 될지 모르는데."

"하긴 그렇죠."

루리는 생글생글 웃으며 자신의 신상에 관해서는 말을 아꼈다. 츠카다는 루리보다 훨씬 말을 많이 했다. 니시노미야의 산지에 아내가 집을 지었는데 거기에 들어간 대

출금이 아직 남아 있어서 자신은 당분간 일을 계속해야 한다는 것, 자리보전하게 된 장모를 모셔와 살고 있는 것도 모자라 딸 내외 사이가 '재미없게 되어' 딸이 여자 아이 둘을 데리고 친정에 돌아와 지내고 있다는 것, 반대로 아들 내외는 고베에 살면서 한번 와보지도 않는다는 것, 츠카다 자신은 어찌 됐든 간에 아내는 인생 설계가 모조리 틀어져서 재미가 없다며 볼멘소리를 한다는 것 등등.

"재미없는 걸로 치자면 내가 제일 재미없는데……."

"주장은 해보셨나요?"

"말할까 싶었지만, 관뒀어요. 아무도 내가 하는 말 따위는 들으려고 하지 않으니까."

"츠카다 씨."

"네?"

"저, 옛날에, 우리 어릴 때 보았던 만화 중에 「탕쿠 탕쿠로」라는 거, 기억나세요? 「단기치의 모험」이라든지."

"아, 그러고 보니 있었어요. 『소년 구락부』에 연재했었죠?"

"거기 나오는 만화 주인공이랑 츠카다 씨랑 꼭 닮았어요."

"그리운 이름이네요. 야마나카 미네타로라든지, 사사

키 구니의 시대."

"가와메 테이지의 삽화에 등장하는 남자 아이하고도 닮았어요."

"들을수록 그리워지는데요. 루리 씨, 소년 잡지 읽으셨어요?"

"위로 오빠가 있었거든요……."

"그 오빠는 전쟁 때……?"

"아뇨, 그전에, 열여덟 살 때 세상을 떴죠. 우리 집은 언니, 오빠 다 요절했어요."

"저런 저런, 루리 씨는 그만큼 더 오래 살아야 해요."

그리하여 츠카다는 '단기치'라는 별명을 루리에게서 선사받게 되었다.

만날수록 대화에 재미가 붙었다. 츠카다는 이공계라서 종전 직전까지 징집되지 않고 살아남았다는 것, 학생운동에 관한 이야기, 공습 이야기……. 전쟁 때 이야기가 나오자 추억담은 끝이 없었다.

몇 번째인가 만났을 때, 츠카다는 루리에게 문득 이런 말을 꺼냈다.

"다이쇼 시대의 여류 하이쿠(17자로 된 일본 특유의 짧은 시-옮긴이) 시인 중에 '구보 요리에'라는 사람이 있었는데, 혹시 알아요?"

"아뇨, 전 하이쿠는 잘 모르는데. 츠카다 씨, 그런 취미 있으세요?"

"아니, 나도 잘 몰라요. 하지만 아주 젊었을 적, 종전 후 얼마 지나지 않은 1951~2년 무렵이던가, 결핵을 앓았는데 말이죠."

"그 무렵엔 남자 여자 할 것 없이 결핵에 걸린 사람이 많았죠."

"그래서, 탄고(丹後)의 어촌에 사는 친척 집에 머물렀죠. 날마다 생선, 생선 천지였어요. 나중에 한참 지나서 가보았더니, 튤립 밭 천지에 탄고 치리멘(쪼글쪼글하게 가공한 비단-옮긴이) 생산이 한창이었지만, 그 당시에는 정말 아무것도 없었죠. 무료함을 달랠 길 없어 광 속에 있는 묵은 책들을 하나하나 끄집어내어 읽었는데, 구보 요리에라는 사람의 하이쿠 문집이 있더군요. 쇼와 초기 때 책이었어요. 이 사람, 다카하마 교시(高浜虛子, 1874~1959, 시인이자 소설가. 하이쿠 잡지의 발행인을 맡는 등 하이쿠 보급에 공헌하였다-옮긴이)의 제자인데 하카다에 살고 있었던 모양이에요. 남편이 규슈 제국대학 의학부 교수였답니다."

부부 사이에 아이는 없었지만 금실은 좋았다고.

"요리에 씨는 꽃을 좋아해서 2층 난간에 제라늄 꽃 화분을 몇 개 늘어놓았답니다. 예쁘게 핀 꽃들이 동네 사람들 눈에 띄어 칭찬도 듣고, 요리에 씨도 자랑스러워했죠. 동네 사람 중에는, '구보 박사댁 2층 창의 제라늄 / 오가며 보다 봄날이 저무네'라는 시를 보내오는 사람도 있었을 정도라네요."

"어쩜. 그게, 언제쯤 일이죠?"

"1922~3년 무렵의 이야기. 그런데 그곳을 오가는 사람들 중에 담 너머로 삐쭉 얼굴만 보이게 지나던 기마병이 있었다죠. 그 지역에 주둔하던 병영의 여단장이었던 모양이에요. 어느 날 무슨 모임에서 그 집 남편인 구보 박사와 이 여단장이 동석을 하게 되었고, 자신은 아침저녁으로 병영을 오가는 길에 댁의 2층 난간에 핀 아름다운 꽃들을 보며 지나는데 유독 빨간색과 분홍색이 많아 보인다, 다행히 자신이 흰색 꽃을 많이 피웠으니 나눠드리겠노라고 했답니다. 그리고 진짜 얼마 지나지 않아 부하가 하얀 제라늄 꽃 화분을 가져왔다네요."

"어머나. 자상한 군인이네요."

"그걸 읽다 보니 마치 딴 세상 이야기 같더군요. 철이 들면서부터 내가 아는 군인이라 하면, 어깨로 바람을 가르며 으스대는 녀석들뿐이었거든요. 사나운 얼간이들뿐이라고 생각했죠. 그런데 다이쇼 무렵의 군인 중에 이런 사람이 다 있었구나…… 하는 감동이 일었답니다. 루리씨 댁의 꽃을 보며 문득 그 옛날의 이야기가 떠올랐어요. 그래서 어찌어찌하다 하얀 시클라멘 화분을 안고 루리씨 댁 초인종을 눌렀던 거죠. 나도 참, 한가한 사람이죠?"

"그럼 전, 구보 요리에가 되는 건가요? 어떤 시를 짓던, 어떤 사람이었을까?"

"시구는 기억하지 못해요. 그런 것을 음미할 만한 문화적인 소양이 없었겠죠, 젊은 내게는. 다만 문장으로 봐선, 어쩐지 여성스럽고 얌전한 사람이었던 것 같아요."

"그럼 저하곤 다르네요."

"아니아니. ……어릴 때 마츠야마에 살았는데, 마침 그 집 별채에 하숙하고 있던 나쓰메 소세키(夏目漱石, 1867~1916, 소설가 겸 영문학자. 근대 소설의 형체를 확립한 메이지 시대의 대표적인 작가-옮긴이)며 마사오카 시키(正岡子規, 1867~1902, 일본 근대 하이쿠를 대표하는 시인-옮긴이)로부터 귀여움을 받았답니다. 이후 조부모의 맹목적인 사랑 속에서 성장한 그녀는 학교를 졸업하자마자, 유학에서 돌아온 구보 박사와 결혼하여 역시 사랑받으며 살았던, 고생을 모르는 사람이랄까, ……하이쿠 모임에 나가도 자기 이름을 대지 못할 정도로 수줍음을 많이 탔다는데, 도쿄의 하이쿠 모임에서는 자신의 시가 호명되자 모깃소리만 한 목소리로, '소첩은……' 이라고 했다지요. 이에 미즈하라 슈오시(水原秋子, 1892~1981, 신흥 하이쿠 운동의 선구자–옮긴이)가 '소첩이란 누구신가요?' 라고 해서 좌중에 웃음이 터졌다고 해요. ……뭐, 규중 부인이었던 거죠."

"그런 사람도 있군요……."

"나는 규중 부인은 감당 못합니다. 다부진 여자가 좋아요. 혼자 살면서, 창가에 꽃을 장식할 줄 아는 기개 있는 여자가 좋습니다."

"저는, 시클라멘 화분을 안고 와서, 이게 좋습니다, 하고 들이미는 참견쟁이 남자가 조금 좋아진듯 싶어요."

그렇게 동시대를 살아온 두 친구는 마주 보며 웃었다.

크리스마스 때부터 시작하여 정월까지는 어디를 가든 가게 안에 시클라멘이 장식되어 있었다.

루리 집에 있던 기존의 시클라멘은 잘 보살핀 덕분인

지 원기를 회복하여 봉오리가 맺히고 다시 빨간 꽃이 소복하게 달렸다. 감자 잎처럼 무성하고 적자색 꽃대가 쑥쑥 뻗어 올라와 들쭉날쭉한 꽃잎들이 통꽃을 이루며 달려 있었다. 루리는 빨간 시클라멘을 창가에 도로 가져다 놓고 하얀 시클라멘은 텔레비전 옆에 놓아두었다. 출창이라 해도 삼각창이라서 화분은 한 개만 올려놓을 수 있었다.

두 사람이 자주 이용하는 바에는 젊은 사람들도 가끔 오지만, 대개는 중년 아니면 초로의 남자들끼리 오는 경우가 많았다. 그런데 요즘에는 남자들이 각기 중년 혹은 초로의 여성을 대동하고 오는 경향이 짙어진 듯했다.

그러한 커플들은 부부치고는 말이 너무 많고, 연인 사이라고 하기에는 조금 격의 있는 태도로 끝도 없이 담소를 나누었다. 마치 말하는 것이 더할 나위 없는 즐거움이라는 듯 오로지 대화만을 나눴다.

"다들 대화에 굶주린 것처럼 보이네요, 남자 여자 할 것 없이."

츠카다가 말했다.

"우리 나이가 되면 특히 더하죠."

"부인과 대화하는 일, 없으세요?"

"집사람하고 말할 일이 거의 없죠. 집사람은 생활고 자체니까요. 속세의 의리가 치마를 입고 있는 것 정도라고나 할까."

루리는 이 츠카다도 집에서 부인에게 비판이나 비난을 받을 때면 겉으로는 잠자코 듣는 척하면서 내심, '어쩔 수 없잖아……' 하고, 뻔뻔스럽게 나갈지도 모른다고 생각했다.

하지만 이런 생각은 결혼 경험이 없는 사람의 얄팍한 인식인지 모른다. 부부의 연이란, '어쩔 수 없잖아' 하면서도 여전히 풀어버리기 힘든 무언가로 이어져 있는지도 모른다. 인생을 헤아릴 그 정도의 능력은 루리에게도 있었다. 따라서 츠카다를 만나 두서없는 대화를 즐길 뿐이고, 그렇기 때문에 이 남자를 '쓰고 버리면 된다'고 여겼다. 남자란 쓰고 버리는 존재. 루리는 그렇게 생각했다.

20대에도 30대에도 40대에도, 그 나이 대마다 여러 남자를 만나고 또 그때마다 실패도 하고 비틀거리기도 하면서 살아왔다. 쓰고 버리고, 쓰고 버린다는 생각으로 뒤돌아보는 일 없이, '어쩔 수 없잖아……' 그렇게 간주하며 살아왔다.

'이거면 족해…… 이렇게 만나는 것만으로도.'

루리는 조용히 술을 마시면서 생각했다. 비슷한 시대를 살아오면서 우연히 말이 통하는 남자를 알게 되어 가끔 만난다. 그것도 시내의 바나 작은 요릿집에서. 결코, '메이로켄'의 라면을 먹고 집으로 불러들이는 일 따위는 하지 않고.

카운터 끝에 시클라멘 화분이 놓여 있었다. 여기는 분홍색 꽃이었다.

츠카다는 산토리 위스키를 물에 타서 마시며, "저 꽃, 영어로 '돼지 만두'라고 하는 소리를 들은 적이 있어요"라는 말을 해서 루리를 웃겼다.

그러고 보니, 세로로 길쭉하니 볼록하게 모인 꽃잎에서 그런 느낌이 났다.

"아휴, 싫어. ……그보다, 저 꽃은 일본에 들어오면서 구화초(篝火草)라고 불렸던 거, 아세요?"

"아뇨, 처음 듣는 소린데. 그러고 보니 그렇네……."

"그렇죠? 꽃이 한데 위로 달려 있는 모습이 꼭, 화톳불이 타오르는 것 같죠?"

"그러게. 역시, 구화초 쪽이 돼지 만두보다 좋네. 수준은 아무래도 여성 문화 쪽이 높군요."

봄부터 여름은 빨랐다. 부티크 '이레네'는 겨울 용품

186

세일이 채 끝나기도 전에 여름 용품 세일에 들어갈 것처럼 분주했다.

루리는 윈도 디스플레이를 배우러 다니는 등 '이레네'의 일에 푹 빠져 지냈다. 루리를 찾는 단골손님도 생기고, 앞으로도 몇 년은 더 여기서 일할 수 있으려나 하는 생각이 들었다.

오봉(우리나라의 추석과 같은 명절로 양력 8월 15일—옮긴이)을 끼고 닷새 동안 '이레네'는 휴업에 들어갔다.

휴가가 시작되기 전, 츠카다를 만난 루리는 산인(山陰) 지역으로 여행을 가자는 제안을 받았다.

"그런데 이미 어디든 사람들로 북적이지 않겠어요? 지금은 예약도 잘 안 될 텐데."

"그런 관광지와는 차원이 달라요. 아무도 모르는 벽촌이거든요. 멋진 산 너머 바닷가 마을인데 말이죠. 예전에는 땅이 이어져 있는데도 이웃 마을을 배로 오갔을 정도예요. 지금이야 국도가 뚫려서 택시나 버스가 다 다니고 있죠."

"묵을 곳은 있나요?"

"호텔까지는 아니지만 민박집이 있는데, 거기 가면 아주 맛있는 생선을 맛볼 수 있어요. 예전에 회사 일로 그

부근을 지나다 점심을 먹으러 들렀던 곳이에요. 백일홍이 피어 있고, 마을의 묘란 묘는 모두 바다를 향해 있더군요."

"백일홍 마을의 묘 바다를 향하네."

문득 루리는 하이쿠 비슷한 것을 읊조려 보았다. 요 전날 동네 도서관에 가서 구보 요리에의 하이쿠를 조사해 보았더니, 그녀의 개인 문집은 없었지만 메이지·다이쇼 시기의 여류 하이쿠 시인집 같은 책에 실려 있었다. 온화하고 조신한 하이쿠려니 생각했는데, "건강한 그이와 내가 있어 뜨거운 걸까"라는 구절이 눈에 들어왔다. 여기서 말하는 '그이'는, 그녀에게 다정했다는 남편인지도 모르지만, 루리는 그 평안한 여자의 인생이 부러웠다. 구보 요리에는 모르긴 몰라도 '어쩔 수 없잖아⋯⋯'라고 뻔뻔스럽게 버티는 일은 없었을 테지.

루리는 그 마을의 백일홍이 보고 싶어졌다. 입술에 살포시 미소를 담아 웃는 낯으로 말했다.

"좋아요, 저도 모험 소년 단기치가 되어보죠 뭐."

인생의 복잡한 사연을 안다는 건 이런 거라고 말하려나 싶었는데, 역시 그런 바보 같은 소리는 하지 않고 츠카다는 한마디로 시정했다.

"모험 소녀 단코."

"다이라 가문의 패잔병들이 모여 살았던 마을이라는 이야기가 전해지고 있어요."

츠쿠모우라라는 작은 어촌은 그야말로 산으로 둘러싸인 조용한 촌락이었다. 바닷가 모래밭에는 작은 어선이 끌어올려져 있고 어망이 널려 있었다. 활처럼 휘우듬히 굽은 해변에는 사람 그림자 하나 없고, 바다는 푸르지만 헤엄치기에는 수심이 깊어 보였다.

절구 테두리처럼 방파제가 둘러쳐 있고 그 위에 마을의 집들이 서 있었다. 모래사장은 뜨겁게 달궈져 있었지만 바람은 의외로 시원했다. 추위와 더위에 모두 약한 루리는 마음이 놓였다. 비치지 않으면서 바람이 잘 통하는 포플린 원피스 아래 속바지를 겹겹이 껴입고 온 터였다. 여름에도 추위를 느낄 나이여서 루리는 하반신을 늘 따뜻하게 유지했다.

썬크림도 잔뜩 바르고 나섰다. 일단 햇볕에 타고 나면 원상 복구가 어려운 나이였다.

츠카다 말마따나 산 중턱에 마을 묘지가 있고, 일제히 바다를 내려다보고 있었다. 백일홍은 작은 절 안에 피어 있었는데, 녹음 우거진 산과 푸른 바다 사이에 선홍색 꽃을 달고 있었다.

"다이라 가문의 패잔병이 정착할 만한 곳이네."

루리는 뜻하지 않게 이런 곳으로 흘러 들어온 자신이 꿈처럼 여겨졌다.

자신도 패잔병 같다고 생각하면서 구보 요리에의 온화하고 평안한 시구에 어느새 반발을 느끼고 있었다. 그와 같은 평안을 손에 넣을 수 없었던 자신의 일생이긴 하지만, '어쩔 수 없잖아'라고 뻔뻔스럽게 중얼거리는 즐거움 또한 말로 다 할 수 없는 깊은 맛이 있어서 못된 기쁨으로 들뜨기 시작했다.

욕실에서 바다가 보이는 건 좋지만 값싼 신건재(新建材)로 지은 건물이었다. 하지만 여러 시대, 여러 세상을 보아온 루리는 요즘 젊은이들처럼 복도가 모래로 버석거리네, 문 열고 닫기가 어렵네, 하는 따위의 불만을 입에 올리지 않았다. 이 외진 마을에서는 제법 괜찮은 건물이라고 할 만했다.

햇볕에 그을린 여자가 요리를 가져왔다. 루리 일행 외에 손님이 두 팀 더 있는 모양인데 그중 한 팀은 아이를 동반한 가족이었다.

그래도 유카타(홑겹의 기모노―옮긴이)만큼은 깔끔하게 풀이 먹여져 있었다. 바닷내 나는 방에서 생선회에 생선 구이 등을 실컷 먹고, 해가 저물 때쯤 바다를 바라보며 앉았다.

문득, '인생 64년, 길기도 하지' 하는 마음이 들었다. '이레네'에서 일하노라면 시간이 빨리 흘러 짧게만 느껴지는데 지금까지의 인생을 종합해보니 길었던 것처럼 생각되었다.

"아아, 이번 여행에서 처음으로, 뭐랄까, 인생이 진해졌다는 생각이 듭니다. 지금까지는 싱거웠지만."

맥주와 일본주를 적당히 비운 츠카다가 진지하게 말했다.

인생이 진하다는 사람에게 '인생은 길다'라는 감회를 털어놓을 수는 없지, 하며 루리는 생글생글 웃었다.

배에 살은 좀 붙었어도 가냘픈 몸매의 루리는 유카타가 딱 맞고 밋밋한 어깨도 우아해 보였다. 루리 세대의 여자들은 20대 초반만 해도 기모노를 입고 다녔다. 전쟁이 끝난 행복을 곱씹기 위해……. 그래서 루리는 지금도 오비(여성용 기모노의 허리 부분을 감싸는 띠―옮긴이)를 혼자 맬 줄 알았다.

"루리 씨, 예쁜 이름이에요."

"이름만 못하죠. 그나마 지금은 그렇게 불러주는 사람
도 없는걸요."

상을 물리고 이부자리를 두 채, 약간 사이를 띄어 깔았
다. 방충망 너머로 바닷바람이 들어와 다다미방 구석에
놓인 선풍기도 냉방장치도 필요 없을 정도였다.

"우리 부모님, 이름에 너무 연연했던 것 같아요."

루리는 찬기가 들지 않게 여름용 홑이불을 단단히 두
르고 바로 누워 말했다.

"오빠는 저번에 말했듯이 일찍 세상을 떴지만, 산호(珊
瑚)에서 따와 산타로(珊太郎)라고 해요. 언니는 보물 같은
아이라고 해서 다마코(寶子). 결혼하고 얼마 안 돼 젊은
나이로 세상을 떴죠. 그러고 보면, 너무 좋은 글자는 오
히려 해가 되는지도 모르겠어요."

츠카다는 어둠 속에서 담배를 피우고 있었다. 평소에
는 피우지 않지만 오늘은 돌아가지 않아도 된다고 생각
하니 느긋하게 피우고 싶어졌다면서. 츠카다는 재떨이에
담배를 끄고 누우며 말했다.

"수명은 이름과 상관없어요. ……다 운명인 거지. 루
리 씨는 64년, 나는 68년. 잘 싸워왔다고 생각해요."

"우리 둘 다…… 애썼네요."

"그런 것 같네요. 나도 나지만, 루리 씨는 여자 몸이니 나보다 훨씬 더 장하다고 생각해요. 정말 잘했어요."

'울면 안 돼.'

루리는 참고 또 참았다.

하지만 츠카다의 칭찬은 돌아가신 루리의 부모님보다 훨씬 앞서 먼 조부의 위로처럼 들렸다. 그런 살가운 말을 평생 처음 들은 기분이었다.

"뭐, 70, 80, 90 먹은 사람이 들으면, 고작 60대인 니들이 뭘 안다고 그래? 하고 핀잔할지도 모르지만."

츠카다는 울음을 참아내고 있는 루리의 마음을 헤아리는 듯이 밝게 말했다.

루리도 한결 가벼운 목소리로 말했다.

"저, 츠카다 씨."

"예?"

"그쪽으로 가도, 될까요?"

"아, 나도 방금, 그 말을 꺼내려던 참이었는데."

"'돼지 만두' 어쩌고 하는 소리는 말아주세요?"

웃음보가 터진 루리는 츠카다의 맨 가슴팍 위에서 계속 웃었다. 그 바람에 츠카다에게 간지럽다며 등을 한 차

레 얻어맞았다.

츠카다는 커브가 심한 선로 변의 집까지 루리를 바래다주었다.

오봉 휴가로 '메이로켄'과 '아카네' 모두 문이 닫히고, 어두운 동네가 되어 있었다.

선로 넘어 맞은편 공원에 망루가 설치되고 제등이 죽 달려 있었다. 봉오도리(오봉 기간 밤에 남녀노소가 모여서 추는 윤무-옮긴이) 노래가 들려오자, 츠카다가 구경 갔다가 바로 전철로 돌아가겠다고 했다. 그래서 두 사람은 맥주 한 잔만 마시고 집을 나섰다.

츠카다가 자고 가겠다고 하면 곤란한데, 라고 생각하던 참이었기에 루리는 츠카다의 처신이 마음에 들었다. 즐거운 모임일수록 길게 가져가면 안 된다. 잔치는 끝이 나기 때문에 잔치인 것이다.

생각보다 규모가 큰 봉오도리였다.

"저렇게 큰 망루를 대체 마을 안 어디에다 보관해뒀던 걸까?"

루리가 중얼거렸다.

"렌털 아닐까요?"

츠카다는 무미건조한 목소리로 계속 말했다.

"내가 말이죠, 조만간 히로시마 지점으로 가게 될 것 같은데. ……젊은 친구들이 어느 정도 일을 할 수 있게 되면, 다시 오사카로 돌아오겠지만."

"단신 부임이에요?"

"그래요. 지금까지도 단신 부임이나 다름없었지만."

이 사람도 렌털이었던 건가, 하는 생각이 들었지만 루리는 시원스레 말했다.

"그럼 히로시마 쪽의, 다이라 가의 패잔병 마을, 또 찾아놓으세요."

"오케이. 하지만 뭐, 오사카에 가끔 올 거니까."

그래도 이전처럼 옛날이야기며 추억의 소년 만화 이야기를 안주 삼아 즐겁게 술을 마시진 못하겠지.

츠카다는 말했다.

"건강히 잘 지내고 있어요. ……루리 씨가 살아 있다고 여기는 것만으로도 난 감사하고 기뻐요. 잘 있다, 또 만나요."

"츠카다 씨도요."

웃는 얼굴로 개찰구에서 헤어졌지만, 줄줄이 문을 닫은 상점가를 지나오는 동안 눈물이 나왔다. '그래, 정말이지 우리 나이엔, 다시 볼 수 있을지조차 모르는데' 그런 생각이 들자, 마치 두 사람의 모습이 늙은 수탉과 암탉처럼 여겨졌다.

내일은 '이레네'도 문을 연다.

마음을 다잡아야 한다는 생각에 루리는 거울을 보며 눈물을 쓱 닦았다.

보름쯤 지나 츠카다로부터 엽서가 날아들었다. 그곳은 가을바람이 불어 아침저녁으로 쌀쌀하다고 했다.

옛날 사람답게 꽉 차 보이는 글씨체였다.

편지에는 다이라 가 패잔병 마을은 회사 일이 일단락 지어지는 대로 찾아보겠습니다, 라는 말에 이어, '모험 소년 단기치로부터' 라고 적혀 있었다.

추운 겨울을 앞두고 낯선 도시에서 일을 시작하는 츠카다에게 뭔가 힘이 되는 말을 해주고 싶었지만, 루리에게는 '정말 잘했어요' 라고 말해줄 기량은 없었다. 그래, 집 근처 '아카네'에서 요 전날 발견한 가볍고 따뜻한 찬찬코(소매 없는 누비 상의-옮긴이)라도 보내줄까? 오사카 남부 패션가의 부티크에는 수입 실크 실내복 같은 것도 있지만, 서로 '잘했어요' 라는 말을 주고받는 세대에게는 어울리지 않아. 폴리에스테르와 면 혼방의 찬찬코가 좋겠지. 소포의 보내는 사람 난에는 '시클라멘 창'이라고 써 보낼까?

루리 역시 그런 존재가 '살아 있다'고 여기는 것만으로도 감사했다.

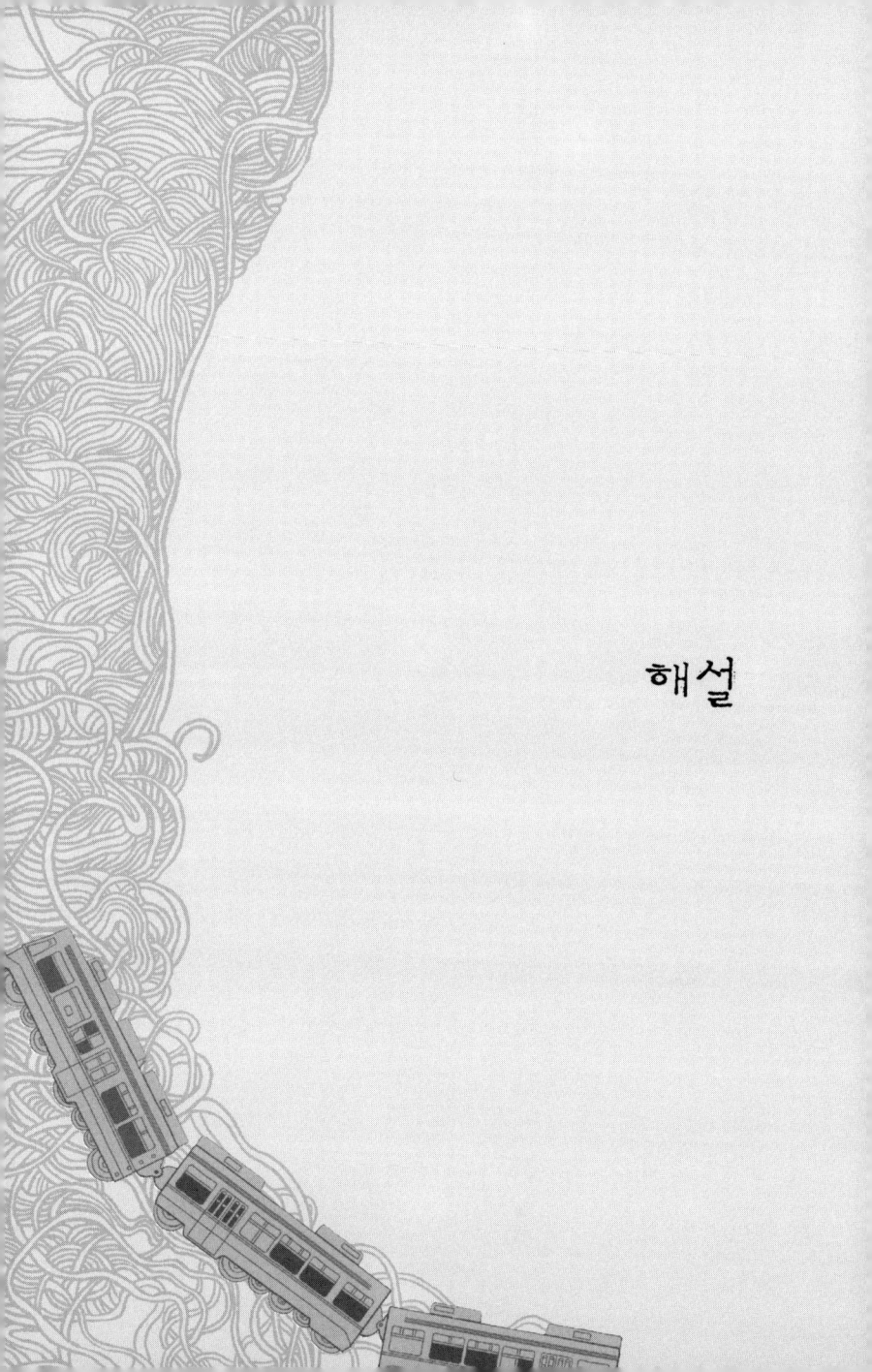

해설

'쇼와(昭和)'를 향한 시선

칸 사토코(일본 근대문학 연구가)

1. 다나베 세이코의 등장

「감상 여행」으로 제50회 아쿠타가와상을 수상하면서 일약 문단에 등장한 이후로 현재에 이르기까지 다나베 세이코의 문학은 소설 · 평전 · 고전문학의 이야기화 · 역사 로망 · 수필 등 실로 폭넓은 위업을 이루어냈다. 그리고 그 모든 장르에서 세대 및 성별의 차이를 뛰어넘어 많은 독자층을 확보해왔다.

그 풍부함에 비해 다나베 문학에 대한 비평이나 연구가 빈곤하다는 점은 언뜻 믿기 어려울 정도이다. 그 이유 중의 하나가, 다나베 세이코 스스로 "아쿠타가와상 출신이면서 소설 잡지며 여성 패션지 등에 소설을 쓰고 있는 나는, 필시 어떤 류의 사람들 눈에는 '근본은 사무라이 출신, 솜씨는 치바 도장 수련생'으로 비치는 것은 아닌 지"라고 유머러스하게 썼듯이, 다나베 문학의 포지셔닝 에 있었음은 분명하다.

다나베 세이코가 아쿠타가와상을 수상한 1960년대는 주간지 창간이 붐을 이루던 시기이기도 했다. "이미 '전 후(戰後)'는 아니다"라는 선언과 함께 사람들의 생활은 TV로 대표되는 전후 매스미디어의 전례 없는 발전에 의 해 좋든 나쁘든 큰 영향을 받게 되었다. 그리고 활자 문 화와 관련하여 전후 매스미디어의 한 가지 특징이 앞서 얘기한 다수의 주간지 창간이었다.

1956년에 『주간 신조』가, 59년에는 『주간 문춘』과 『주 간 공론』 창간을 시작으로 연이은 주간지 창간은 활자 문 화의 추세를 크게 변화시키는데, 그것은 바꿔 말하면 이 제까지 없던 독자층의 확대를 의미했다.

그 속에서 문학 상황도 변하지 않을 수 없었다. 예를 들면, 히라노 켄(平野謙)의 「『군상(群像)』 15주년에 앞서」 를 시작으로, 이토세이(伊藤整)와 다카미 준(高見順) 등이 가세하여 '순문학 논쟁'이 전개되었는데, 그 배경에는 다양화되는 잡지 및 독자층의 격렬한 확산이 기존의 '순 문학'의 지위를 뒤흔들지 모른다는 위기감이 있었다. 그리고 다나베 세이코는 그러한 매스미디어와 기성 문단의 대치가 한창인 때에 등장한 새로운 세대의 작가임에 다름없었다.

무라카미 하루키는 자신에 대한 '전쟁 전 세대 작가'들의 거부감을 말하면서, "일본의 문학 세계에는 분명 세대 간의 대립 같은 것이 존재한다. 그렇다, 당신이 말하는 '올드 게이트 키퍼(전통의 문지기)'적인 사람들이다……. 일본의 문단에는 강한 계층조직의 전통이 있다"라고 논한 적이 있다. 다나베 세이코 앞에도 역시 '올드 게이트 키퍼'들은 있었다. 그들이 지키려 했던 것, 그것은 단적으로 말하면 '순문학'이라는 개념이었다. 지금 시점에서 돌아보면 '순문학'이란 것이 애매한 시대와 함께 변용하는 그야말로 '개념'에 지나지 않았음을 알 수 있지만, 다나베 세이코가 문단에 등장한 1960년대 당시만 해도 그 존재에 대한 확신이 없었다.

하지만 도시 '순문학'이란 무엇일까. 문학사의 서술에 따르면 그것은 '사소설'이 중심이 된 이른바 예술성 높은 문학으로, 사람들의 오락거리로 여겨지는 '대중문학'과는 대립되는 개념이다. 그리고 그 둘 사이에 위치하는 것을 '중간 소설'로 보고 있다. 그렇다면 예술성과 사람들의 즐거움은 양립하지 않는 걸까. 문학에 있어서 예술성이란 무엇을 말하는 걸까. 이와 같은 소박한 질문을 엮어가노라면 끝이 없다. 이야기는 점점 추상적이 될 수밖에 없다. 실제로 비평가가 어느 소설을 두고 '순문학'이냐 '중간 소설'이냐 하는 정의를 내리기에 앞서, 그 작품이 게재된 곳이 문예지인가 주간지인가 하는 점이 하나의 지표가 되는 일종의 역전 현상이 일어나기도 한다.

단 한 가지 말할 수 있는 것은 '순문학'과 '대중문학'을 대립개념으로 받아들이는 그 근저에 독자에 대한 선별 및 계층화의 시선이 존재한다는 것이다. '순문학'은 그 예술성을 이해할 수 있는 일부 선택받은 독자만을 대상으로 삼는다. 이와 같이 바꿔 말해보면, '순문학'의 오만한 표정이 어른거리진 않는가.

다나베 세이코는 자신의 위치에 대해 다음과 같이 말하고 있다.

"젊은 시절 나는 어려운 말로 소설을 쓰는 것이 취미였다. 딱히 상관은 없지만, 나의 문학적 출발의 계기가 된 것은 아쿠타가와상 수상이다. (또 한 가지 상관없는 것을 말하자면, 나는 아쿠타가와상을 받았음에도 나오키상적인 일을 하는 정체불명의 존재이다. 때문에 내게는 '아쿠타가와상 작가 특집'이라는 명목 하에 잡지의 단편집을 묶어낼 때는 연락이 오지 않는다. '나오키상 작가 특집' 때도 작품 청탁이 들어오는 것은 아니다. 대량생산이 안 되는 나는 그럴 때면 정말 '살았다!' 하는 생각이 들기도 한다. 정체불명의 존재가 득이 될 때도 있다.) 여하튼 젊었을 때는 단어든 표현이든 순문학적인 어려운 것이 좋아서 한자를 빈번히 사용하기도 했다. 중년에 접어들면서 아니나 다를까 이런 문장이 멋쩍게 느껴졌다. (그렇지 않은 사람도 있겠지만.) 어려운 표현은 타성이 되기 쉽다는 것을 깨달은 것이다. 히라가나로 쓰는 편이 실은 훨씬 더 어렵다. 부드러운 말은 고르는 동안 점점 심플해지고 그만큼 진실에 가깝게 다가가기 때문에 끝내 막다른 곳까지 줄어들고 만다."

유머러스한 필치로 적어나가고 있지만, '한자를 빈번히 사용하는 어려운 것'은 '순문학적'이지만 '히라가나로 쓰는 편이 실은 훨씬 더 어렵다'라는 말은 '순문학'의 약점을 찌르는 듯하다.

하지만 여전히 '순문학'을 고집하는 '올드 게이트 키퍼'들은 이른바 문예지 이외의 장에서 집필 활동을 전개한 다나베 세이코의 문학을 열외시켜왔다. 그것은 다나베 세이코 문학의 불행이라기보다 비평 및 연구 분야의 불행이었다고 말할 수 있을 것이다. '순문학'이라는 개념의 미망(迷妄)에 사로잡힌 덕분에 눈앞에 풍부하게 펼쳐져 있던 쇼와 문학의 한 가지 달성을 빤히 보면서 놓쳐 온 것이니까.

지금, 다나베 세이코의 문학을 쇼와 문학이라 칭한 것은 단순히 쇼와 시대에 문학 활동을 전개했기 때문이 아니다. 다나베 세이코는 일찍부터 "내가 소설을 쓰기 시작한 것은 '인간의 행복을 방해하는 것은 무엇인가'라는 점을 규명하고 싶었기 때문이다. 나는 전쟁 세대라서 후방의 경험을 좀 더 써야 한다고 생각하고 있다. 전쟁 세대가 본 전후 세대, 이것을 평생의 테마로 삼아볼 생각이다"라고 말했다. 여기에서 다나베 문학의 본질을 엿볼 수 있다. 다나베 세이코의 문학은 전중·전후를 열심히 살아 현재에 이르는 일본을 지탱해온 많은 이름 없는 이들을 위한 것이며, 일부 '선별된 사람들'을 위한 것이 아니라는 거다.

'전쟁 세대가 본 전후 세대'를 그리겠다는 다나베 세이코의 뜻은 그 후 많은 장·단편을 통해 실현되는데, 여기서는 우선 아쿠타가와상 수상작인 「감상 여행」과 이 책에 수록된 단편소설을 통해 다나베 문학이 지닌 매력의 한 끝을 봐두기로 하자.

2. 다나베 단편의 매력 –「감상 여행」외

  '그다지 자랑할 바는 못 되는 4류, 5류급 방송 대본 작가'인 '나'와 서른일곱 살의 '유이코'를 중심으로 방송가의 술렁거림, 도심의 밤의 반짝임, 거기에 서식하는 이른바 업계인들을 배치한 「감상 여행」은 동시대 풍속의 경박하기 짝이 없는 부분을 시니컬한 시선으로 그려내고 있다.

  예를 들어, 아쿠타가와상 선정평에서 "그 새로움을 경박함이라 평하기는 쉬우나, 경박함을 이렇게까지 정착시켜버리면 그건 이미 경박함이 아니다. 이것은 음악으로 말하면 재즈와 같이 무수한 잡음에 의해 구성된 작품이다"(이시카와 다츠조)라고 말하고 있으며, 아쿠타가와상 수상작이 실린 『문예 춘추』의 신문 광고에는 '네온과 경박함이 소용돌이치는 도심 속에서 사랑과 소통을 갈구하는 이들의 덧없는 센티멘털 여행!' 이라는 문구가 붙어 있다. 본서에 수록된 그 밖의 단편군(주로 1980년대 중반 이후에 쓰여진 것)을 비교하면 「감상 여행」의 작품 세계는 다나베 문학 중에서는 오히려 이질적으로 보일지도 모른다.

그러나 「감상 여행」은 그 후의 다나베 작품에서 공통적으로 나타나는 정교한 구성을 갖추고 있다. 그것은 '무수한 잡음'을 총괄하는 화자 '나'의 시선 설정이다. 이야기의 중심에 놓인 것은 '자신의 단정치 못한 행실이 누설되어 동료들 사이에서 좋은 가십거리가 되고 있는 줄은 꿈에도 모르는, 사람 좋고 재능 없고 세상 물정은 몰라도 너무 모르는' 유이코의 우스꽝스럽고 가여운 실연이며, 그것을 곁에서 지켜보는 '나'의 눈으로 이야기되고 있다. 바로 이 곁에서 지켜본다는 위치에 화자인 '나'가 놓여 있기 때문에 유이코 본인에게는 죽을 만큼 진지한 사랑의 전말이 '나'라는 '타인의 눈'에 의해 대상화되고, 그 실연이 꼴사납도록 가엽게 비치는 것이다.

더욱이 교묘한 것은 이 화자인 '나'까지도 대상화시키는 외부의 시선이 마련되어 있다는 점이다.

일반적으로 일인칭 형식은 화자와 시점 인물이 일치하기 때문에 자칫 일방적이고 지배적인 시선으로 이야기가 전개될 수 있다. '나'도 한편으로는 유이코의 사랑스러움을 인정하지만 또 한편으론 "내 눈에는 늘 한물간 매춘부 아니면 서툴기 그지없는 마술사처럼 딱해 보인다"라고 그녀를 이야기한다. '나'의 눈에 포착된 유이코는 사실 유이코의 실상이라고는 할 수 없지만, 일인칭 이야기 스타일에서는 그것이 마치 실상인 양 유일한 유이코상(象)으로서 독자 앞에 제시된다.

하지만 이 작품은 그러한 '나' 역시 '타인의 눈'에 비치는 존재임을 폭로한다.

> "넌 케이보다 더 형편없어. 저속한 냉혈 동물. 창피당하고 상처 입는 것이 두려운 것뿐이야! 그래서 항상 멀리서 히쭉거리며 보고 있는 거라고. 조니가 언젠가 말한, 굶주린 토끼 그거랑 꼭 닮았어. 아하하하하! 토끼 입술이라서, 넌 그걸 지적당하는 게 싫어서 아무 데도 관여하지 않는 거야."

이때 독자는 조니 리의 "히로시 씨, 당신은 여전히 굶주린 토끼 같다니까. 불경기라 말이지"라는 말이 단순한 비유가 아니라 '나'의 외모에서 기인했다는 것을 안다. 그리고 '곁에서 지켜본다'는 이 작품의 시선 구조가 원래 '나'의 존재 양식 자체였다는 것을 깨닫는다. 다시 말해, 애정과 경멸이 뒤섞인 시선으로 유이코를 바라보는 '나' 또한 늘 잔혹한 차별의 시선 속에서 '심한 슬픔'을 안고 살아가는 존재인 것이다.

이러한 시선 구조는 이야기 세계의 가치관을 하나로 결정짓는 일은 하지 않는다. 다나베 세이코 단편의 특징 중 하나가 시점 인물이 남성 혹은 일인칭 남성일 때가 많다는 것인데, 이것은 여성 작가에게는 드문 일이지 싶다.

남성의 입장에서 여성을 바라본다는 시선의 방향성은 항상 여성의 시점으로 세계를 바라본다는 경직성으로부터 다나베 작품을 떼어놓는다. 그렇다고 해서 남성의 입장만을 절대적인 기준으로 삼아 이야기하는 것도 아니다. 「감상 여행」의 '나'가 그러했듯이 그 시점 인물 자체를 바라보는 '타인의 눈'이 늘 마련되어 있기 때문이다.

다나베 작품에서는 양자가 각기 대상화되어 객관적으로 비치고 있다. 그 결과로서 생겨나는 것이 바로 '유머'이다. 본서에 수록된 단편들 대부분이 이 '유머'로 덮여

있는데, '유머'만큼 객관성과 비평성을 필요로 하는 것
은 없다.

　예를 들어 「당신이 대장」은 남편인 다츠노의 시점에
서, '시골 출신의 대녀(大女)로 남편의 지시가 없으면 아
무것도 못하는 아내였던' 에이코가 "내 물건은 내 손으
로 살 끼다!"라는 결의 아래 커리어우먼으로 변모되어가
는 모습을 그리고 있다.

　'아내의 큰 키와 비교적 균형 잡힌 몸매, 정돈된 이목
구비'를 다츠노는 사실 일찍부터 알고 있었기에 그런 의
미에선 '아내의 변모하는 모습에 정신을 못 차릴 정도'
라고는 하지만 다츠노의 시선에는 시종 여유가 있다. 사
회 경험이 없는 '덜 성숙한 아내'를 걱정하는 부분에서
도 그러한 점이 느껴진다. 상대의 입에서 '당신이 대장'
이라는 말이 나오게끔 하는 것, 즉 '당신이 대장'이란 소
리를 들음으로써 책임을 지고 상대의 부담을 (상대가 의
식하지 않는 사이에) 줄여주는 것이 '결혼 생활의 요령'이
라는 '통찰'을 갖고 있다는 다츠노. 커리어우먼으로 변
모한 아내에게 아무리 놀라고 기가 죽어도 최종적으로는
그와 같은 아내를 따스한 눈으로 지켜본다, 라는 위치를
유지하는 듯이 보인다.

하지만 이야기의 마지막, "당신처럼 '어쩔 수 없잖아' 라느니, '세상은 만만하지 않아' 라는 소리만 하고 있다간 아무것도 못한다고, 바보 같으니"라고 내뱉은 아내에게 다츠노는 '그런가?' 하고 속으로 중얼거리는 수밖에 없다. 다츠노의 '통찰' 이 한번에 날아가 버리고 마는 것이다. 즉, 아내의 눈에는 독자의 눈에 비치는 것과는 다른 모습의 다츠노가 보였던 것이며, 그 또한 다츠노의 한 면이다.

주로 다츠노의 불평(남자는 부끄러워서라도 이렇게까지 변하진 못하는데……)을 통해 유머러스하면서도 비평적으로 받아들이고 있던 아내의 '자립' 이었는데, 동시에 그 비평의 화살은 생각지도 못한 곳에서 다츠노를 향하고 있다. 이 균형 감각이 다나베 세이코의 단편을 지탱하고 있는 것이다.

한편, 「감상 여행」으로 다시 돌아가자. 작품의 타이틀 「감상 여행」은 1944년 도리스 데이(Doris Day)가 불러 크게 히트한 〈센티멘털 저니(Sentimental Journey)〉를 연상시킨다. 노래 속 'Sentimental Journey' 는 고향으로 돌아가는 여행이었다. 그녀의 달콤하고 애잔하고 허스키한 목소리로 'Sentimental Journey' 가 울려 퍼질

때 출정 중이었던 미군 병사들의 마음은 고향으로 달려갔다고 한다. 같은 노랫소리를 패전 후 얼마 지나지 않은 일본인들 또한 들었다. 그들이 돌아갈 고향은 과연 어디에 있었을까.

그리고 그로부터 20년, '나'와 유이코의 「감상 여행」은 불발로 끝이 난다. 여행은 늘 '무기한 연기'다. "나, 실제로 여행을 떠난 적은 한 번도 없었어". 행선지 자체를 갖지 못하는 '우리'는 항상 '허무하게 원점'으로 돌아온다. 여행을 떠날 수 있다는 환상이야말로 '감상(感傷)'에 지나지 않는 것이다. 그것을 '감상'이라 부름으로써 여행을 떠나는, 즉 미래로 향하는 가능성을 믿는 것 자체가 환상임을 이 작품은 냉혹하게 알리고 있다.

훗날 다나베 세이코는 "내가 아는 한, 가장 센티멘털했던 것은 제2차 대전 말기인 1943년 12월 1일, 메이지 신궁에서 이루어진 학도병 출장식이었다"라고 말한다. '감상'이란 말에 담긴 깊은 비평성이 엿보인다. 불발로 끝난 「감상 여행」은, 전후의 고도 성장기에서 현재에 이르기까지 행선지를 갖지 못하는 사람들의 삭막한 삶을 예고하는 것이었다.

다나베 세이코가 등장한 1960년대, 문단에는 사타이 네코(佐多稲子), 히라바야시 타이코(平林たい子), 츠보이 사카에(壺井榮), 엔치 후미코(円地文子)와 같은 전전 · 전 중부터 활약한 여성 작가들에 더하여, 아리요시 사와코(有吉佐和子), 소노 아야코(曾野綾子), 구라하시 유미코(倉橋由美子) 등의 새로운 세대가 활약했다. 그들의 작품 속에 다나베 세이코의 「감상 여행」을 놓고 보면, 새삼 그 작품 세계의 새로움에 놀라게 된다.

하지만 「감상 여행」에 앞서, 이때 이미 다나베 세이코가 『꽃놀이』 및 『나의 오사카 팔경』의 일부를 집필했음을 간과해서는 안 된다. 앞서 지적했듯이 쇼와 시대를 이야기하는 다나베 문학의 본질은 작가로서의 출발기부터 발휘되고 있었던 것이다.

이 책에 수록된 단편에서도 그 점이 발견된다. 예를 들어 「시클라멘이 놓인 창가」에 그려진 60대 남녀의 사랑은 '전쟁 때 이야기가 나오자 추억담은 끝이 없는' '동시대를 살아온 친구'인 두 사람의 체험과 지금까지의 인생 행보를 배경으로 갖는 까닭에, 그 담담한 교제와는 상반되는 깊이를 칭찬하게 된다.

앞서 언급한 '후방의 경험' '전쟁 세대가 본 전후 세대'를 그린다는 다나베 세이코의 모티브는 훗날 『엄마 지쳤어』 등의 장편으로 결실을 맺게 된다. 또한 이른바 '올드미스'나 '연애 소설' 장르로 분류되는 작품에서도 '전후를 어떻게 살아왔는가'라는 쇼와 시대에 대한 다나베 세이코의 시선은 항상 살아 있다.

「감상 여행」으로 등장한 이후, 오히려 그 활동 거점을 문예지 밖으로 옮긴 것은 '쇼와'와 함께 살고 묵묵히 일하면서 현재에 이르기까지의 일본을 지탱해온 많은 이름 없는 이들을 그리고 싶어한 다나베 문학의 본질에 멋지게 조응하는 것이다.

감상 여행 (원제: 感傷旅行)

1판 2쇄 2009년 8월 1일

지 은 이 다나베 세이코
옮 긴 이 신유희
기 획 팀 주정업, 김혜수, 김동근
편 집 팀 박형희, 최진
디자인팀 김성연
마케팅팀 박훈, 원혜진, 권송이

발 행 인 주정관
발 행 처 북스토리
주　　　소 서울시 마포구 서교동 483-1 평화빌딩 5F
대표전화 332-5281
팩시밀리 332-5283
출판등록 1999년 8월 18일 (제22-1610호)

홈페이지 www.bookstory.biz
이 메 일 bookstory@bookstory.biz

ISBN 978-89-93480-20-7　 03830